세상은

있는 그대로

완전하다

들어가기에 앞서

나는 평생 구도의 삶을 살았다.

주어진 삶을 치열하게 살았지만

다른 것에는 관심이 오래가지 않았다.

나는 여기가 싫었고 인간의 굴레에서 벗어나고 싶었다.

왜 우리는 태어나서

고작 먹고사는 일에 평생을 허덕이며 살아야 하는가?

도대체 이 보잘것없어 보이는 고달픈 삶이

우리에게 어떤 의미가 있는 걸까?

이것이 내 삶의 화두였다.

세상은 있는 그대로 완전하더라

아들은 2005년부터 나는 2011년부터

감각 넘어 다른 것들이 인식되기 시작했다.

아들은 초반에 매우 감성적이었고

나는 오히려 더 이성적이었다.

우주 변화의 원리와 삶의 이치를 알아가고

다른 차원을 보고 전생을 보고

사람과 자연의 기운을 보고 느낀다.

우리는 주로 직관을 사용한다.

남의 미래나 점 같은 건 볼 줄 모른다.

그 이야기들을 풀어 보려고 한다.

차 례

제 4장 별에서 온 아이

제 1장

살다 보면

나는 불나비

나는 꽃을 찾는 나비라고 생각했다.
알고 보니 불을 보면 돌진하는 나방이더라.
욕망의 휘발유를 등에 지고 불을 향해 돌진한다.

나는 수없이 불에 타고 상처 입었다.
화려한 불빛이 나에게
모든 걸 줄 수 있다고 믿었다.

결핍이 누적되면 빛을 향한 욕망이 자란다.
빛을 추앙하면 빛을 향해 돌진하는 것이 아니라
스스로 빛이 되어야 한다.

실력을 쌓아 자신만의 중력을 가져야
이리저리 끌려다니거나 휘둘리지 않는다.

알면 무엇이든 될 수 있다

올겨울엔 고요히 안으로 침잠하라고 한다.
침잠 같은 소리 하고 있네! 먹고 살아야지!
일은 하기 싫고 돈은 필요하네.
더 빨리 가는 방법이나 알려 줘.

없어!
그냥 어제처럼 그전처럼 살면 돼.
자전거를 잘 타는 방법은 많이 넘어지는 거야.
넘어지면서 안 넘어지는 법을 배우지.
사과가 여름에 익는 법은 없어.
시스템이 그렇게 되어 있어.
한여름 폭염을 견디고, 가뭄을 견디고,
해충을 견디고 서리까지 견뎌야 완전한 열매가 되지.
더 좋은 방법이 있었다면 더 좋은 방법으로 살았을 거야.
모두가 이렇게 살고 있다는 것은 이게 최선이기 때문이지.

다음엔 뭐가 있어?
대오각성!!
알면 무엇이든지 될 수 있어 아는 시간이 올 거야.

내 삶의 파도타기

과거에는 절벽에서 추락하고
거친 파도에 침몰했다.
그때 그것은 두려움의 대상이었다.
절벽에 대해 알고 파도에 익숙해지면서
암벽 등반을 하고 서핑을 하고 번지 점프를 한다.

두려움과 공포의 대상이
스릴과 즐거움의 대상으로 전환됐다.
모르면 밀어내고 알면 끌어당긴다.

나는 예전에 유리멘탈이었다.
깨어지지 않는 금강석이 되고 싶었다.
지나고 보니 그때는 유리가 아니라
두려움에 온기를 뺏겨 버린 얼음이더라.

이제 얼음이 녹고 물이 되어
뜨거움을 만나면 끓어오르고
차가움을 만나면 얼어붙는다.

계곡을 만나면 사정없이 내리치고
갇히면 포효하며 터져 나간다.
뜨거우면 어떻고 차가우면 어떤가?
내리치면 어떻고 솟구치면 어떤가?
인생은 파도 한 점 없는
잔잔한 바다를 만드는 게 목적이 아니다.

고요함을 즐기고 거친 파도와 싸우고
빙벽을 안아 오르고 폭풍우로 울부짖고
쓸쓸한 밤바다를 끌어안을 수 있는
진정한 자유를 얻기 위해서다.

내 삶의 절벽에서 번지 점프를 한다.
거친 감정의 파도에 침몰당하지 않는다.
이제는 죽음의 공포가 아니라 안전띠를 매고
역동하는 생명력과 액티브한 감정을 받아들인다.

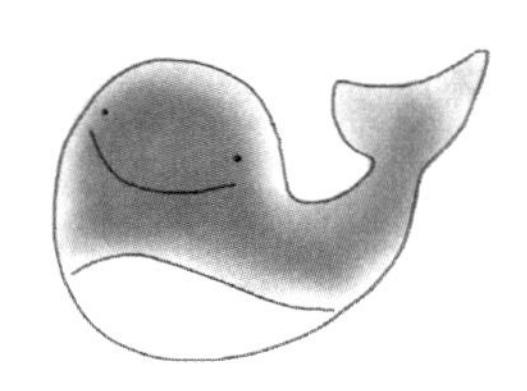

대환장 파티

나는 성격이 매우 급하다.
애초에 과도한 열정과 지나친 추진력을 장착하고 왔다.
태어나고 보니 로켓이 굼벵이 몸에 갇혀 있더라
그래서 내 삶은 대환장 파티가 되었다.

나는 점점 더 많은 감각이 열리고 있다.
조금 더 하면 머리에 꽃 달고 뛰어다닐 수 있다.

나의 영적 기질은 타오르는 불꽃이다.
그 열기에 버금가는 냉정을 장착 중이다.
추진력이 강한 만큼 브레이크도 튼튼해야 한다.
내 열정의 무게만큼 냉정을 끌어올리려면
인내심의 한계를 수백 번 뛰어넘어야 한다.

감성이 고도로 깨어나면
이성이 고도로 발달해야 쓰임에 맞게 쓸 수 있다.
정신이 발달하면 기술도 발달하고
기술문명이 발달하면 정신문명도 발달시켜 균형 잡는다.
예술가들은 감성이 뛰어난 사람들이라고 하지만

감성만큼 이성이 발달해야
그 감성을 제대로 표현할 수 있다.
임윤찬의 음악은 감성만 풍부하다고 되는 게 아니고
김연아의 스케이팅은 기술력만으로 이루어지는 게 아니다.

뛰어난 감성을 예술성으로 표현해 내는 것은
고도로 발달한 이성적 기술이다.
아름다운 비너스를 상상할 수 있어도
작품으로 표현할 수 없다면 망상에 불과 하다.
위대한 예술은 이성과 감성의 콜라보로 이루어진다.
세상 모든 이치가 그러하다.

밤에 쉼이 있어 낮에 활동할 수 있다.
긴 겨울을 감내하고 압축했기에
봄이 오면 에너지를 폭발시킬 수 있다.
봄의 동력은 겨울이 만든다.
인생 겨울에는 되는 일이 없다.
그러나 춥고 긴 겨울이 있었기에 그로 말미암아 봄이 온다.
음과 양이 만나 불이 들어온다.
상반된 에너지가 들어오면 충돌이 일어나고
부대낌을 겪어내야 하나가 되고 꽃이 핀다.
충돌과 부대낌은 하나가 되는 현상이다.

애를 태우는 염체(念體)

어떤 애태움이 있었다.
하소연이라도 하고 싶은데 다들 잔다.
그냥 가만히 앉아 있었다.
심장에 압력이 점점 차오른다.

눈물이 나고 마음이 그렇게 아플 수가 없다.
마음이 너무 아파서 죽을 것만 같다.
이게 이렇게까지 마음 아플 일인가?

저항할 의지를 상실하고 생각 없이 감정을 바라봤다.
점점 고통이 심해지더니 겉은 새까맣게 타고
속에는 붉은 피가 뭉근하게 들어 있는
주먹만 한 덩어리가 보인다.
보고 있으니 잠시 후 툭 하고 터지더니 사라졌다.
그리고 마음이 편안해졌다.

살아오면서 또는 물려받은 피에 기록된
모든 애태움들이 내 안에 찐득하게 엉겨 있더라.
오랜 세월 수천 번의 애태움이 쌓여

애가 타는 염체(念體) 덩어리를 만들었다.
이런 게 있으면 작은 일에도
몇 배는 더 애를 태워 심장을 해롭게 한다.
오래 묵으면 병이 되거나 장애로 나타난다.
염체들은 풀려나고자 끊임없이 자신을 드러낸다.
마치 포획된 맹수처럼.

그렇게 모아 놓은 것들을 풀어놓고 해체해야
그 감정으로부터 해방된다.
그것들을 해체하려면 수천수백 장의 생각들을
오랫동안 모아 왔듯이 나누어 덜어내는 과정이 필요하고
그때마다 크든 작든 그 감정들을 겪고 넘어가야 한다.
산을 오르면 내려가야 하고 달도 차면 기운다.

경험은 수많은 감정체를 낳는다.
그래서 내 안에 내가 너무도 많다.

이래서 우리 삶이 고달프다

몸은 잠들어 있는데
의식이 각성하더니 개 짖는 소리가 들린다.
이사 오던 첫날부터 3년 동안 줄기차게 짖어 대고 있다.

커다란 개가 고요한 밤에 목청껏 짖어 대면
나는 슬슬 미쳐 가기 시작한다.
내 안에서는 비상벨이 울리고
온몸의 신경 세포들이 곤두선다.

나의 무의식은 캄캄한 밤에 굶주린 늑대들이
나를 에워싸는 듯한 두려움을 느끼고
소리와 연관된 모든 트라우마가 실시간 되살아난다.
나는 점점 더 신경이 날카로워지고
방어 모드에서 공격 모드로 바뀐다.

쿵쿵거리며 울리는 층간 소음은
트라우마가 있는 사람에게는
적들의 말발굽 소리로 들리고 죽음의 공포가 상기되고
그의 무의식은 위층 사람을 적으로 간주한다.

그렇게 3년이 지났다.
처음엔 개가 짖으면 불안하고 예민해지고
계속되면 참을 수 없는 분노가 치밀어 올랐는데
이제는 개가 짖어도 인식 못 할 때가 많다.

불안하고 참을 수 없는 감정이 일어나는
밑바닥에는 두려움과 공포가 숨어 있다.
별난 내가 사라지니 별난 개도 사라지고 없더라.

개가 짖으면 큰일 난다는 믿음이
저렇게 짖어 대도 아무 일도 안 일어난다는
새로운 믿음을 덮어써야 안정된다.
3년간 스트레스받았지만 이렇게라도 고쳐야지.
이래서 우리 삶이 고달프다.

나의 전생

산길에 서 있는 내가 인식된다.
검은색 부츠를 신고 갈색 바지에 흰색 셔츠를 입고 있다.
밝은 갈색 곱슬머리에
근육이 단단하고 건강해 보이는 남자다.
마차 안에 하늘색 드레스를 입은 젊은 부인이 타고 있다.

장면이 바뀌고, 집안이다.
6~7세쯤 돼 보이는 아들과 두세 살 어려 보이는
곱슬머리 금발의 귀여운 여자아이도 보인다.
아이가 셋이라고 느껴지고 부모님과 함께 살고 있다.
대대로 넓은 영지를 물려받은 지주로,
화목해 보이고 비교적 소박하게 살고 있다.

다음 장면은 49세 모습이다.
다른 곳으로 이주했다. 오스만 제국이라고 한다.
마당이 넓고 주변으로 키 큰 나무들이 숲을 이루고 있다.
가운데로 마찻길이 길게 형성되어 있고 등불이 환하다.
원래 이런 마당을 좋아했나 보다.

나는 지금도 마당이 넓고 큰 나무가 많은 집을 좋아하고
그런 집과 인연이 많았다.

마차에 타고 있는 VIP를 배웅하고 있다.
마차들이 떠나고 일이 잘되었는지 기분이 매우 좋아 보인다.
인생 최고의 황금기를 누리고 있다.
여러 국가를 상대로 철강이나 원자재와 무기 등을 무역하고
지하 금고에 황금을 엄청나게 쌓아 놓고
돈과 권력의 중심에 있다.

수완이 좋고 인맥이 화려하고 국제적으로 활동하고
자기가 이룬 것에 대단한 자부심을 지니고 있다.

죽는 장면이고 60대 초반이다.
농장 바닥에 피를 흘리며 쓰러져 있고
아내가 비명을 지르며 울고 있다.

머리에 총을 맞고 하늘을 보는 자세로 쓰러져 있고
총을 쏜 남자가 확인이라도 하는 듯,
나를 내려다보며 유유히 말을 타고 무리들과 떠나고 있다.
그 시절에도 총이 있었나 보다.
나를 쏜 남자는 마른 체형에 키가 크고 얼굴이 길고
콧수염이 있고 모자를 쓰고 인상이 냉정하게 생겼다.

죽어 가는 순간 시간이 매우 느리게 가고 있다.
나를 죽인 남자에 대한 원한은 없다.
몸도 생각보다는 고통스럽지 않다.
성공이나 황금에 대한 미련도 없다.
마음이 편안하고 차라리 잘됐다 싶다.
이제 이 삶에서 벗어나서 좀 쉴 수 있겠구나.

공포에 질린 아내의 애처로운 눈빛을 보며
그녀와 더 많은 시간을 함께하지 못한 것이 후회된다.
인생에서 가장 소중한 게 무엇인지 마지막 순간에 보인다.

나는 도대체 무엇을 위해 살았던 걸까?
고작 지금 이 순간을 위해
평생을 그토록 악착같이 달려왔던 건가?
모든 것을 다 바쳐 이룩한 부와 성공이
물거품처럼 부질없다는 생각이 든다.
왜 이제야 깨달았을까?

'다시는 권력과 황금을 쫓아서 인생을 낭비하지 않으리라'
다짐하면서 눈을 감고 있다.

나를 쏜 남자가 환생해서 주변에 있나 싶어
사람들을 떠올려 봐도 비슷한 느낌의 사람이 없다.
자고 아침에 일어나는데 누가 떠오른다.
내가 알던 사람이 아니라 두세 번 정도 본 이 동네 사람이다.
앞으로 내 인생이 피곤해질까 걱정된다.
전생에 못다 찍은 드라마 후편 찍지 않으려면
조신하게 살아야겠다.

아들이 단순 청부업자일 가능성이 높다고 한다.
사람을 죽이고 유유히 떠나는 것과
내가 원한을 갖지 않는 걸로 봐서.
그러면 다행이고.

나를 해원(解冤) 하다

자려고 누웠는데
누군가가 나를 보고 있는 시선이 느껴진다.
수백 년은 방치된 듯한 집이 보이고
풍경 전체가 흑백이고 폐쇄된 공간처럼 인식된다.

건물은 제법 튼튼하게 지어진 듯하고
방 두 개 사이에 부엌 겸 작업실 형태로 보이는
공간에서 어떤 남자가 무심하게 나를 응시하고 있다.

배구공만 한 검은 쇠구슬에 굵은 쇠사슬이 연결되어
그 남자의 발목에 족쇄가 채워져 있다.
쇠사슬이 길어서 집안을 다니면서
청소도 하고 음식도 하고 화장실도 사용하는 거 같다.

키가 크고 마른 편이다.
눈동자가 깊고 품격이 있어 보이고
모든 생각이 사라진 듯 고요해 보인다.

넌 누구야?

난 너야!
헉!!!
힘들지 않아?
그 꼴로 왜 그렇게 평온해 보여?

첨엔 힘들었지.
살다 보니 익숙해지고 편안해지더라.
여기서 죽을 때까지 살았어.
죽어서도 여기서 벗어나지 못했지.
내 관념이 여기 묶여 있어서
다른 생각을 가지고 올 수가 없더라고.
다른 삶은 불가능하다고 믿었거든.

우린 서로 연결되어 있어.
네가 가능하다고 깨우친 순간,
나도 가능하다는 걸 알았지.
생각으로 현실을 바꿀 수 있는데
현실을 보고 생각을 통제해 왔던 거지.
내 관념이 나를 여기에 가두고 있었어.

왜 여기 오게 된 거야?
돈이 너무 많은 귀족이었어.

내 돈을 노린 친족에게 납치당했어.
왜 그런 생을 설정했어?
내가 가장 두려워했던 모습이야.
언제부턴가 그런 두려움이 내 안에 자리를 잡고
긴 세월 무성히 자라서 실체를 드러낸 거지.

처음에는 매우 가난하게 시작했어.
결핍이 심한 생을 많이 살았어.
그래서 돈에 한이 맺혔지
돈에 대한 남다른 욕망이 있었어
덕분에 돈을 버는데 탁월한 능력을 갖출 수 있었지.

여러 생을 큰 부자로 살았어.
부자로 살면서 다른 두려움이 생겼어.
재산을 잃어버리면 어떡하지?
누군가 내 돈을 훔쳐 가지 않을까?
내 돈을 갖기 위해 나를 해치지 않을까?
늘 불안해하고 주변을 의심하며 살았어.
가족도 믿을 수가 없었어.

생을 거듭할수록 점점 불안이 커졌지.
가끔 그런 일들이 생기고 의심이 확신이 되어 갔어

여러 생을 그렇게 살다 보니
그런 생각이 현실로 드러난 거지.
내가 쌓아 올린 관념의 탑을 해체해야 했거든….
내 상상 속의 두려움을 현실에서 만나
오랜 시간을 함께하며 풀어내고
받아들이는 데 많은 대가를 치렀어.

다시 반복하고 싶은 생각은 없지만
지난 시간을 후회하지는 않아
누구도 따라 할 수 없는 깊이의 내공을 쌓았고,
다시는 반복하지 않을 지혜가 생겼거든.
그는 다른 꿈을 꾸었고 그곳에서 풀려났다.

내가 나를 해원 했다.
그러나 그 생으로 인해 영혼에 새겨진 트라우마가 있다.
갇힌 사람이나 묶여 있는 개를 보면 숨이 막힌다.

누적되고 응축된 관념은
사람들 눈에 보이지 않아도 엉긴 에너지가 실존한다.
세월이 가면 바람에 햇볕에 삭는 물건처럼
관념도 트라우마도 점점 빛이 바래고 삭아 흩어진다.
그래서 세월이 약이라 한다.

행복한 사람

사람들이 내게 와서 상담을 한다.
그들은 행복하지 않다.

지금은 불행하지만 꿈을 이루면 행복할 거라고 한다.
그러나 꿈을 먼저 이룬 최고의 자리에 오른 대통령도,
다 가진 재벌도, 화려한 연예인도 행복해 보이지 않더라.

평생을 다 바쳐 꿈을 이루어도 행복할 수 없다면,
그런 허무한 꿈을 위해 그 많은 시간과 열정을
쏟아부을 가치가 있을까?

이제 방법을 한번 바꿔 보는 건 어떨까?
내가 가진 이 하찮은 조건들을 거부하지 말고
마음을 열고 한번 친해 보는 건 어떨까?
이곳에 정붙이고 뿌리를 내려야 자신의 줄기를 타고
위로 올라가 아름다운 꽃을 피울 수 있다.
뿌리내리지 못하면 꽃피우지 못한다.
지금 있는 자리에서 살아남지 못한다면
다른 곳에 가도 적응하기 힘들다.

그런 마음이 그런 현실을 창조하기 때문에
마음이 바뀌지 않으면 환경은 어디를 가나 반복된다.
그런 환경은 그런 마음을 먹고 자란다.

준아!
너는 행복한 사람 봤어?
아직 못 봤어요!
세상에는 없고 거울 속에 한 놈 있어요.

그놈은 제대로 된 직업도 없고 가진 돈도 없고,
여자친구도 없고 심지어 못생기고 뚱뚱하다.
그래도 그놈은 더없이 행복하다.
그는 미래를 걱정하거나 불안해하지 않는다.
그는 더 나은 내일을 기대하지 않는다.
현재 주어진 그대로 충분히 만족하기에
더 바라는 게 아니라 매사에 감사하고 삶을 즐긴다.
그 감사하고 여유로운 마음이 그런 환경을 유지 시키고
각박하고 결핍된 마음이 결핍된 환경을 유지 시킨다.

성공을 향한 갈증은
성장기에 몸집을 키우려는 본능이지만
결핍에 대한 보상이나 한풀이로 왜곡되는 경우가 많다.

보상받거나 한풀이할 때 잠시 도파민을 분비하지만
이내 물거품처럼 꺼져버린다.
꺼지고 나면 다시 새로운 것을 찾아 헤매야 한다.

지난여름에 애쓴 것만으로 충분하다.
더 나은 내일을 바라고 기대하는 한,
그대는 끊임없이 싸워야 하고
목마름은 끝이 없고 결코 휴식할 수 없다.
애씀을 내려놓고 받아들임이 필요한 시기다.

노력과 애씀은 몸집을 키우지만 성장통을 감수해야 한다.
몸집을 키우는 건 성장기 아이들이다.
이제 우리는 성장기를 지나고 있다.
마음이 편안하고 행복하면
소박하게 살아도 세상 부러운 것이 없어진다.

세상이 나를 해치는 이유

나는 과거 생에 흙더미에 깔려 죽은 기억이 있다.
오랜 세월 생각만 해도 숨이 막히고
가슴이 터질 것 같은 고통을 겪었다.
나는 폐소공포증 외에도 공황장애, 생존에 대한 두려움.
자동차 외상 후 스트레스 등,
수많은 트라우마를 겪었고 스스로 치유했다.

나에게 물었다.
내가 여기가 싫은 것은 인간으로 사는 한,
언젠가 또 그런 고통을 받을지도 모른다는 거야.
나도 여기가 안전하다고 믿고 싶어.
어떻게 하면 다시는 그런 고통을 받지 않고 살 수 있을까?

'내가 남을 해치려는 마음과,
세상이 나를 해칠 거라는 두려움을 다 내려놓을 수 있을 때.'

그런 상태는 그저 주어지지 않는다.
모든 걸 다 겪어 보고
그것에 대해 충분히 알아야 내려놓을 수 있다.

그게 하루아침에 되나?

아다무스가 모든 걸 허용하면 된다고 한다.
그 말을 들으니 울컥한다.
나도 모든 걸 허용하고 싶었지!
내 평생의 꿈이었다!

오랜 생을 살아오면서 수많은 트라우마가 생겼다.
동물한테 물리고 사람한테 물리고
물과 불과 폭풍우에 잡아먹혔다.
상처가 낫는 데는 시간이 필요하다.

두려움이 남아 있는데 허용이 되나?
좋은 것은 이미 허용하고 있다.
허용하겠다는 의지만으로 되는 일이면
우리 여정이 얼마나 쉬웠겠나?

사랑과 풍요와 자유를 허용하려면
결핍과 원과 한과 두려움을 먼저 허용해야 하더라.
사랑과 자유와 풍요는 허용하는 게 아니라
두려움이 사라지면 원래 그 자리에 있더라.

나는 수많은 트라우마와 싸웠다.
그렇게 싸워서 이겨야 하는 줄 알았다.
그렇게 싸워서 이긴 것이 아니라
그렇게 싸우는 중에 그놈을 알게 되더라.
아니까 두려움이 사라지고
두려움이 사라지니 저절로 허용이 되더라.

허용한다는 것은 마음을 연다는 뜻이다.
그것에 대해서 알고 익숙해져야 마음의 문을 연다.
시간이 필요한 일이다.

지구를 위한 최고의 선물

모든 생명체는 자신을 위해 존재한다.
내가 나를 위해 살아가듯이 이 우주도 자신을 위해 살아간다.

다람쥐가 숲을 위하는 일은
자신을 위해 열심히 씨앗을 모으는 일이고
나무가 세상을 이롭게 하는 일은 자신이 살아가기 위해
산소를 내뿜고 이산화탄소를 들이쉬는 일이다.
사람들은 이산화탄소를 내뿜고 산소를 들이쉰다.
서로 주고받으며 공존한다.

이 우주는 누군가의 희생으로 돌아가도록 설계되지 않았다.
나를 위한 일이 세상을 위한 일이 되도록 결부시켜 놓았다.
자식을 키우는 것은 희생이 아니라 품앗이다.
그대가 희생했다고 주장한다면,
대가를 바란 거래지 섭리가 아니다.

내가 나를 돌보듯이 지구도 스스로 돌본다.
잘난 그대가 굳이 사명이 있다면 이 지구에 뿌리내리고
그대라는 아름다운 꽃을 피우는 일이다.

원하는 것을 스스로 창조해서 즐겁고 행복하게
사는 일이 지구를 위한 최고의 선물이 된다.
그대가 행복을 느낄 때 그대 존재의 빛이 나고
그 빛이 세상을 밝고 따뜻하게 만든다.

그대가 세상에 내어 주는 가치만큼 돌려받는다.
그것이 열정이든 사랑이든 미움이든….
들어오는 것을 보면 나가는 것을 알 수 있다.

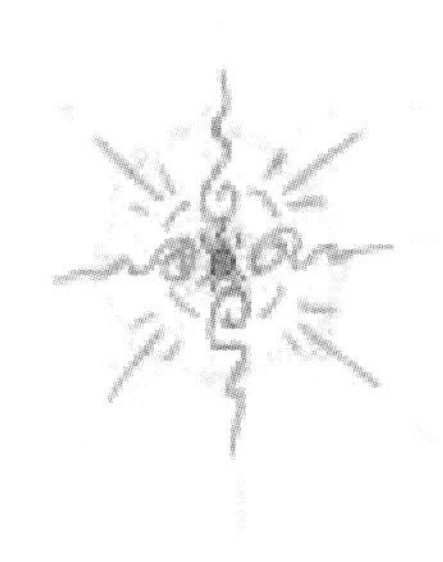

고목나무 정령과 여우

몇 년 전에 사업차 어느 지방에 가서
목조 주택 짓는 분을 만나서
그 부인이 운영하는 찻집에서 저녁을 먹었다.

그분은 나무가 좋아서 나무 공예를 하고
목조 주택을 짓는다고 했다.
찻집 안에 많은 나무 공예품이 전시되어 있었다.
마주 앉아 차를 마시다 눈을 보니 고목이 겹쳐 보인다.
시커먼 고목 밑동에 커다랗게 구멍이 나 있다.

잠시 후 부인이 차를 들고나오는데
참한 여우가 부인이랑 겹쳐 보인다.
뭘 뜻하는 건지 첨엔 이해를 못 했다.
대화를 나누다 보니 다른 이미지가 더 보인다.

나무 구멍 안에 여우가 산다.
여우가 나무에 기대어 의지하고 있다.
나무의 정령과 여우가 서로 교감을 한다.
그 둘은 정이 들어 여러 생을 함께 했다.

다 때가 있고 철이 있다

어떤 이는 열정을 가지고 도전하라고 가르치고
어떤 이는 애씀을 내려놓고
허용하고 받아들이라고 가르친다.

자라는 아이는 열정이 필요하고
익어 가는 어른은 허용이 필요하다.
나아갈 때가 있고 멈출 때가 있다.

모내기를 마친 벼는 새로운 땅을 받아들이고
적응하느라 시름시름 앓는 게 정상이고
한여름의 벼는 뜨거운 열정으로 가장 높이 올라
하늘을 찌르는 오만함이 제멋이다.

시월의 벼는 애씀을 내려놓고
허용하고 받아들여야 알이 차고 고개가 숙어진다.
겨울엔 황량한 빈 들판이 진리다.
다 때가 있고 철이 있다.
세상은 겸손을 강요하지만 벼도 익어야 고개를 숙인다.
익기도 전에 고개 숙이면 시들었다고 한다.

삼천 년 만의 환생

아침부터 장 볼 게 있어 시내로 가서
장판 집에 들렀다가 근처 식당에 갔다.
음식을 주문하고 앉아 있는데
옆자리에 3~4개월 된 아기가 보인다.
귀여워서 보고 있다가 눈이 마주쳤다.

안녕 아가야!
넌 어느 별에서 왔니?

생각 없이 물었는데 웬 할머니가 보인다.
볼살이 축 처지고 좀 뚱뚱하고
흰 머리카락이 지저분하게 흐트러지고
아랫입술을 내민 치매 걸린 할머니다.
태어나기 전의 모습인가 보다.
아기와 노인의 이미지가 대조적이다.

며칠 후 아들 친구가
인테리어에 대한 조언을 구한다고 해서 찾아갔더니
세 살 난 여자아이를 안고 있다.
에너지가 활발하고 매우 튄다.
상담을 마치고 지난번 생각이 나서

안녕 아가야!
넌 어느 별에서 왔니?
마술사 복장을 한 주름이 자글자글한
키가 작고 검은 옷을 입은 노파가
나와 눈이 마주치자,

나는 아주 오랜만에 왔지!
삼천 년 만에 환생했어!
나는 마법사야!
지난번에 팔백 살에 죽었어!
이 분야에서 제법 알아주는 존재지.
다시 그런 세상이 온다고 해서 왔어.

아가야! 크거든 다시 보자.

자기 사랑

나는 예전에 구차한 변명이나 거짓말을 하고 나면
온몸에 벌레가 기어다니는 것 같은 불쾌감이 있었다.
내가 예민해서 더 크게 느꼈던 것 같다.

그래서 거짓말 대신 말을 안 하거나
그럴듯하게 자기합리화했다.
차마 내 생긴 꼬라지를 있는 그대로
모두 드러낼 수는 없는 노릇이었다.
내가 얼마나 보잘것없는 인간인지 꼭꼭 숨겨야 했다.

어느 날 그런 애씀에 염증이 났다.
비난을 받든 책임을 지든 있는 그대로 받아들이기로 했다.
부인하거나 변명하지 않고 인정하고 책임을 지는 순간
뿌듯함과 당당한 자존감이 차오르는 걸 느꼈다.

숨기고 가면을 쓰는 대신
자신을 있는 그대로 받아들이고 당당하게 책임지는 것이
자신을 사랑하는 일이란 것을 알았다.
스스로 자신을 정직하고 바른 사람으로 대우해야

다른 사람들도 나를 바르고 소중한 사람으로 대한다.
자신을 비겁한 거짓말쟁이로 만들어 가리고 숨기면
세상은 그대를 기억 속에 묻어버린다.

정치인이나 연예인들이 자신의 치부가 드러날 때
무조건 아니라고 발뺌하고 숨기고 덮으려고 한다.
솔직하게 인정하고 책임을 지고 용서를 구하면
나중에라도 회복하고 재기할 기회가 주어지지만
숨기고 거짓말하면 재기불능이 된다.
스스로 자신을 망가뜨리는 일이다.

누구나 한때 잘못할 수 있고 실수할 수 있다.
책임지고 인정하고 노력하면 받아들여진다.
용기가 필요한 일이고 자신을 사랑하고 존중하는 일이다.

점진적 과부하

준아!
내가 동아줄에 매달려 아등바등 살았어.
독한 뱀들과 굶주린 맹수들 사이에서
괴물이 나를 노려보고 있었어.

떨어지면 끝이라고 생각했어.
죽음보다 더한 고통을 받게 될 거라고 떨었어.
어떻게 하면 더 오래 버틸 수 있을까?
고민하고 또 고민했어.

그래도 세월은 가고 그 생활도 어느 정도 익숙해졌어.
맹수나 괴물에 대한 두려움이 좀 완화됐고
버티는 힘도 더 생겼고
맹수를 피하는 방법도 나름 터득했다고 믿었어.
나 자신이 가끔 대견하기도 했지.

그러든 어느 날부터 줄이 조금씩 아래로 내려오는 거야.
바람이 심하게 불던 날 드디어 내 발이 맹수의 머리에 닿았어.
더 이상 방법이 없었어.

곧 그들을 마주할 순간이 왔어.
한 번도 그놈들을 쳐다본 적은 없어.
무서워서 차마 바로 볼 수가 없었거든!
모든 게 막다른 골목이었어.
체념이 일어났지.

처음으로 그놈의 정체가 궁금했어.
그들과 마주하기로 큰 용기를 냈어.
그러자 마음이 가라앉고 정신이 점점 맑고 차분해졌어.
그리고 그들을 정면으로 바라봤지.

그런데….
아무것도 없지요?
어떻게 알았어?

내가 많이 해봤거든.
자세히 보면 거긴 아무것도 없어.
내 상상 속의 괴물이라 실체가 없어.
두려움 속에서만 보이지.
맨정신으로 보면 아무것도 없어.
VR 기기를 쓰고 있다가 벗은 거지.
넌 진짜구나!

거긴 정말로 아무것도 없었다.
나락에서 마주한 현실은
상상했던 것처럼 무섭지도 끔찍하지도 않았다.
현실을 받아들이니 오히려 마음이 이전보다 더 편했다.
왜 그 숱한 날들을 눈물로 지새웠는지.

삶의 괴물을 대면할 수 있는 용기는
처음부터 생기지 않는다.
그것도 마음의 근력이 있어야 한다.

고달팠던 지난 시간은
나의 근력을 높이기 위한 점진적 과부하였다.
얻는 것이 있으면 잃는 것이 있고
잃는 것이 있으면 얻는 것이 있다.

다시 하나가 될거야

예전에는 전체적인 관점에서 주역이나 황제내경 같은
책이 나왔는데 지금은 왜 전체를 못 보고 부분만 파고들까?

그때는 이른 봄이라
사람들의 의식이 아직은 나무의 관점에 있었고
지금은 잎이 80억이라는 최고조로 분열된 상태라
잎의 관점에서 볼 수밖에 없어
나무는 전체적 관점에서 크게 볼 수 있고
나뭇잎은 오만 개의 다양성으로 나누어
현미경으로 들여다보는 깊이가 있어

여름에 분열하는 것은 자연현상이야.
투명한 빛이 프리즘을 통과하면서
총천연색으로 드러난 건데 옳고 그름이 어디 있어?
다양성이 있어 더 아름다운 거지

뜨거웠던 여름을 보내고 가을이 오면 다시 하나가 될 거야
세상 모든 것은 존재 이유가 있어
매사 긍정으로 놓고 풀어 가야 해

나의 생존 방식

나는 받는 것을 싫어하고 주는 것을 좋아한다.
의도함이 아니라 몸에 밴 습성이다.
나는 전생에 부족장이나 그룹의 리더를 많이 했다.

내가 남에게 베풀고 그들을 보살펴 주는 것은
그게 나의 일이었기 때문이다.
그렇게 해야 사람들이 나를 따르고 내 말을 듣고
나를 인정해 주기 때문이다.

그것은 인간성이 좋아서가 아니라
내가 살아남기 위한 방편이었다.
한 명이라도 더 끌어안고 책임지는 것이
나의 영역을 넓히는 일이고,
폭정과 군림은 폭망의 지름길이라는 것을
이미 오래전에 터득했다.

덕분에 나만 바라보고 나만 의지하는 것을 보면
숨이 막히는 트라우마를 얻었다.
나는 이익을 주고 내 편을 만든다.

그게 내 무의식에 저장된 생존 방식이다.
그래서 나는 신세 지는 것을 매우 싫어한다.
내가 을이 될까 봐.

잘난 것도 아니고 못난 것도 아니고
내가 살아온 경험의 산물이다.
언젠가 그 방식이 내게 유리하게 작용하지 않으면
쌓아 올린 관념을 허물고 새로운 방식을 받아들인다.

그가 나와 다른 것은 부모가 다르고
물려받은 유전자가 다르고 살아온 길이 다르기 때문이다.
우리는 가끔 이 사실을 망각하고 그가 나와 같기를 강요한다.
그는 나와 같을 수가 없다.
그와 나는 씨가 다르다.

무서운 징조

마냥 놀고먹으니 좀 갑갑하다.
나는 앞으로 어떻게 되는데?
징조가 있을 거야.

둘러봐도 징조 따위는 보이지 않는다.
늦은 점심을 먹고 커피를 한잔하는데
현관에 장식으로 쌓아 둔 나무토막에
또 벌레가 기어들어 간 흔적이 보인다.
도대체 몇 번째인지 속이 확 뒤집어진다.
벌레들이 밀가루처럼 하얗게 나무를 갈아서
밖으로 내보내고 그 안에 들어가서 겨울을 난다.

해마다 수도 없이 청소했었다.
밀가루 흘려 놓은 것처럼 지저분하다.
올해 또 시작이다.
킬러를 사 와서 소나기처럼 퍼부어 주고
비닐을 덮고 몇 시간을 뒀다.
그런데 이틀 만에 또 하얗게 내놓았다.
나무 표면을 불로 거슬러 보라 해서

토치로 거슬러도 보고 오일을 잔뜩 뿌려도 봤다.
다음날 또 나와 있다.
독칸 것들!!

나무에 아들이 그림을 그려 놓아서
웬만하면 보존하고 싶었다.
근데 오늘은 내가 저 꼴을 보고 사느니
나무를 불 질러 버리는 게 낫겠다.

항아리는 그냥 둘 생각이었는데
내 안에서 다 치우라는 느낌이 올라온다.
동시성이고 징조라 한다.
다 태우고 치워 버리는 게 징조라고?
이게 내 앞날의 징조면 해석이???

2021년 5월 코스피 정점에서
가진 현금을 다 털어 넣고 신용 풀로
무식해서 용감하게 주식 투기를 했다.
그 후 때만 되면 기어 나오는 내 안의 탐욕과
두려움을 온갖 방법을 동원하여 불사 지르는 중이다.
지옥을 열두 번이나 방문했다.
아직도 그 안에서 질척거리고 있다.

그때 알아차렸어야 했다.
이 무서운 앞날의 징조를!
좀 더 디테일하게 알려 줬어야지!!

잃은 것만큼 얻은 것도 많다.
덕분에 바람에 흔들리지 않는 뿌리 깊은 나무가 되었다.
우리는 이유 없이 고통을 겪을 만큼 무능하지 않다.
그것이 내가 넘어가야 할 산이었나 보다.

사람들은 부자가 되는 방법을 찾고 성공하는 방법을 찾는다.
가난하거나 건강하지 못한 것은
태양이 사라진 것이 아니라 구름이 가리고 있기 때문이다.
태양을 찾아 나설 것이 아니라 구름을 치워야 한다.
부자가 되는 방법을 찾는 것 보다
가난하게 사는 이유를 찾아서 해결해야 한다.

내 삶에 풍요를 가져오려면 탐욕과 두려움과
트라우마를 먼저 치워야 한다.
탐욕은 절차와 기본을 무시하고
두려움과 트라우마는 숨을 쉬어야 공기를 끌어오는데
스스로 코를 막아버린다.

동기감응

주로 라면 끓일 때 쓰는 오래된 양은 냄비가 있다.
언제부턴가 손잡이가 흔들거리고 있었다.
나사를 조여도 계속 흔들거린다.
어느 날 라면을 끓여서 손잡이를 잡고 옮기는데
냄비가 말을 한다.

'난 거의 한계점에 도달했어!
조만간 손잡이가 툭 끊어질 거야!'

뜨거운 국물이 바닥에 쏟아지는 모습이 상상된다.
바로 냄비를 새로 하나 샀다.
냄비를 새로 사고도 계속 쓰다가
얼마 지나지 않은 어느 날,
진짜로 손잡이가 툭 하고 부러졌다.
다행히 냄비 안에는
라면을 끓이기 전이라 찬물이 들어 있었다.

갑자기 심장이 아프다.
평소와 느낌이 다르다.
심장이 꽉 막힌 듯 압력이 차오르더니
갑자기 무너져 내리는 느낌이 든다.
집중하니 오빠 심장에 이상이 생겼다.

이런 건 또 뭐냐?
텔레파시 또는 동기감응이라고 하지.

왜 갑자기 내게?
세상 모든 것들이 자신의 존재를 진동으로 표현하고 있어.
진동은 그들이 가진 생각이고 현재 상태를 나타내는 거지.

모두가 자신을 표현하고 있지만
사람들이 알아차리지 못하는 것은
그들의 마음을 끄는 더 큰 소음에 묻혀 버리기 때문이야.

변한 건 내가 아니고 너지!

치과에 갔다.
치과의사 프로필이 화려하다.
돈 몇만 원에 이런 고급 인재가
나를 치료해 주다니 감사한 일이다.
의사의 손이 내 피부에 닿는 순간 그의 정보가 읽힌다.
인상처럼 따뜻한 영혼을 가진 사람이다.

치과에 다녀오는 길에
늘 보던 산이 다르게 보인다.
오늘은 살아 있는 동물처럼 막 움직인다.

준아!
가야산이 변한 거 같아!
살아서 막 꿈틀거리고 있어!

그 순간 가야산이 말한다.
뭐라카노!
나는 처음부터 살아서 꿈틀거리고 있었다.
변한 건 내가 아니고 너지!

가야산이 깨어나고
가야인들이 부활하고 있다.
그들은 한국인의 뿌리고 북두칠성에서 왔다.

지금은 환절기다

봄에는 뭐든 쑥쑥 자란다.
그때는 많이 먹고 잘 크는 게 최고의 미덕이다.
여름에는 경쟁하며 가장 높이 올라
내가 제일 잘나간다는 기고만장함을 누리는 게 인생 목표다.
그때는 누구나 가장 높이 오르고자 하는 욕망이
본능적으로 끓어오른다.

인간만 그런 것이 아니라
동물도 식물도 모든 대자연이 그러하다.
여름이라는 에너지가 그렇게 작용한다.
여름이 끝나는 환절기에는 혼란스럽다.
위로 올라가다가 아래로 내려가야 하는
가치관의 대변혁이 일어난다.

24시간이 모여 하루가 되고 하루가 쌓여서 1년이 되고
1년이 쌓여서 또 다른 주기를 만든다.
지금은 또 다른 주기의 환절기다.
여름의 뜨거운 열기는 채 가시지 않았고
가을은 아직 완전히 자리 잡지 못했다.

그래서 삶의 방향을 정하지 못하는 사람들이 많다.
기온이 내려가고 찬 바람이 불어오면
성장을 지원하던 여름의 열기와 습기가 사라지고
일을 키우려 해도 예전 방식이 통하지 않는다.

봄여름에 나무가 잘 자라는 것은
나무의 의지보다 계절의 지원을 받기 때문이고
가을에 성장이 멈추는 것은 찬 기운이 들어오기 때문이다.

그대는 이 우주의 거대한 몸 안에 있는 하나의 세포다.
대자연은 신성한 질서 속에 운행된다.
이제는 성장을 멈추고 내실을 다져야 한다.

인간 주기의 가을에는 네트워크가 형성되고
지혜라는 열매를 익히기 위해 수많은 정보가 넘쳐난다.
과일이 익어갈 때는 햇볕이 쏟아지고
지혜가 익어갈 때는 정보가 쏟아진다.

오늘 하루

잠에서 깨는 순간
오늘도 새로운 하루가 주어졌구나!
소중하게 써야지….
하는 감사한 마음이 절로 우러난다.
살다 보니 이런 날도 있구나
나는 오랫동안 아침에 눈 뜨는 게
싫었고 이 세상이 싫었다.

그렇다고 내가 무슨 마음공부를 해서
긍정적으로 살아보자는 대단한
다짐이나 노력을 해 온 것도 아니다.
내 인생은 먹구름만 잔뜩 있다고 믿었다.
나는 언제쯤 태양이 떠오를까?
푸념도 하고 원망도 하고 살았다.

살아보니 평범한 날이 좋은 날이고
마음 편한 날이 행복한 날이더라
일이 잘돼서 기뻤던 날도
이제 걱정 덜 하고 마음 편히 살 수 있겠구나

하는 기대 때문이었다.
맑은 날 조금씩 구름이 쌓인다.
비가 내리고 나면 그토록 바라던 햇빛이 찬란하게 빛난다.
나의 애씀과 노력이 태양을 끌어온 것이 아니라
태양은 언제나 그곳에 있었다.

내가 굳이 한 것이 있다면
비바람이 치는 동안 버틴 것뿐이다.
한탄과 푸념, 근심 걱정, 불안, 미움,
원망하는 마음들이 인생 구름을 만든다.
마음을 좀 비우면 삶이 뽀송뽀송해진다.

마음을 비운다는 것은
마음속에 담아놓은 미해결된 생각들을
정리하고 포기하고 용서하고 털어버리자는 뜻이다.
우리는 너무 많은 마음의 짐을 지고 산다.

우화등선

눈을 감으니 붉은빛과 노란빛이 보인다.
그리고 내 안에서 생각이 올라온다.

‘나는 이번 생에 불기운으로 왔어.
노란색과 붉은색을 합한 주황빛을 띠기도 하고
그 사이 스펙트럼으로 나타나기도 해
솟구쳐 올라 휘발되어 버릴까 봐 청남색 그릇에 담아왔어.
타오르는 불기운을 얼음 그릇에 담아둬서 갑갑할 거야’

그러면 원준이는?
태양을 등지고 있는 사람의 실루엣이 보이고
나비나 매미 날개 같은 문양이 여러 개 겹쳐 보인다.
원준이가 나비라는 거야?
그 문양이 의미하는 에너지가 아들의 대표 에너지라고 한다.
문양? 그게 뭘 의미하는데?
우화등선!
가장 낮은 곳에서 인고의 세월을 보내고
고귀한 존재로 거듭남을 뜻한다나.
크든 작든 우리는 모두가 그런 에너지를 담고 있다.

햇살처럼 화사하게
바람처럼 자유롭게

나는 바다로 가고 있었다.
그것이 내 생의 목표라고 믿었다.
물고기의 두렵고 힘든 삶이 아니라
안정되고 넓은 바다가 되고 싶었다.

나는 어느 날 바다에 도착했고
그윽하고 안정되고 충만하더라.
오롯이 주시하고 감지하는 알아차림의 영역이 있더라.

그곳에 도착하면 인간을 초월한 존재가 될 줄 알았다.
나는 특별한 그 무엇이 된 것이 아니라
여전히 이 우주의 품 안에서 노는 작은 인간이더라.
어디를 가도 그의 품 안이고 그의 우주에서
나는 어디에 있든 무엇이 되든 상관이 없더라.

나는 나의 우주를 창조한 부모이고
그 우주를 탐험하는 호기심 많은 아이다.
햇살처럼 화사하게 바람처럼 자유롭게 살다 가리라.

그를 만나다

그날 새벽 산들바람이 부는
느티나무 가지 사이로 그를 봤다.
그는 바람으로, 대지로, 자연으로,
생명체로 모든 곳에 존재한다.

그는 항상 이곳에 있었다.
이 세상 자체가 그 자신이다.
그는 먼 곳에 따로 존재할 수 없다.
창조주의 성품과 의지가
모든 생명체에 스며들어 작용한다.
모든 것이 그의 의지고 그의 몸짓이다.

우주에 비밀은 없다.
신의 계획은 대자연에 그대로 드러나 있다.
자연은 신의 경전이다.
모든 상(象)은 형(形)으로 드러난다.
모든 형은 다시 상으로 저장되고
꽃이 피고 지고, 해가 뜨고 지고를 반복하며
진화의 나선형을 타고 오른다.

나는 숲이다

나는 그때 한 그루 나무였습니다.
비가 오면 비에 젖을까 떨었고
바람이 불면 온몸이 시리고 아팠습니다.
햇살 따스한 날에도 홀로 떨었고
꽃은 저만큼 저 혼자 피었습니다.

나는 지금 숲입니다.
바람이 불면 바람과 함께 춤을 춥니다.
비가 오면 나의 날개를 씻고
꽃이 피면 마주 앉아 흐드러지게 웃어 제끼고
겨울에는 눈사람도 부둥켜안아 줄,
따뜻한 온기를 품었습니다.

사랑도, 미움도, 얼싸안고 살 부비며
온전히 젖어 드는 이 여유로움.
나의 온기와 사랑을 나눌 곳이 있어
내 삶이 더 풍요롭습니다.
나는 인간을 초월하기 위해 태어난 것이 아닙니다.
가장 인간답게 살기 위해 여기에 왔습니다.

제 2장

내 삶의 화두

창조의 기본원리

생각과 물질은 하나에서 나온다.
생각이 여러 장 쌓이면 그림이 선명해지고,
밀도가 올라가고 응축되어 임계점에 이르면
씨앗이나 정자 또는 유무형의 설계도 같은 상태로 드러나고
상이 새겨진 대로 물질이 결합하여
시간순으로 펼쳐지면서 형상이 만들어진다.
그것이 창조의 기본원리다.

머릿속에 생각을 구체화해서 설계를 완성하고
설계도대로 벽돌을 쌓아 올리면
머릿속에 있던 이미지가 건물로 드러나고
상(象)이 형(形)이 되는 이치와 같다.
의식(하늘)은 상을 만들고 몸(땅)은 형을 만든다.
하늘과 땅이 힘을 합쳐 형상(形象)을 만든다.

우리는 창조주의 능력을 물려받아
각자 자신의 현실을 창조 중이며,
씨앗을 만드는 아버지의 측면과
키우는 어머니의 측면을 다 가진 존재다.

아무 생각이 없는 고요한 상태가
적막무짐(寂莫無朕)한 창조 이전 허와 무의 차원이다.
그 텅 빈 공간에서 한 생각이 일어나고
그로 말미암아 모든 것이 나온다.
우리는 매 순간 창조주의 창조 행위를 답습한다.
아는 게 그거뿐이다.

생각을 여러 번 해서 서서히 밀도를 올리던
강렬한 생각으로 단기에 밀도를 올리던
임계점에 이르면 씨앗이 완성된다.
모든 생명체는 때가 되면 본능적으로 씨앗을 만든다.
본능은 개별 의지가 아니라
우주를 존속시키고자 하는 신의 의지다.
그것은 우주에 펼쳐진 절대 진리며 시스템화되어 있고,
개인의 신념은 무수한 개별 창조로 이어진다.

씨앗을 키우는 일은 신이 하는 일이 아니라
몸이 하는 일이고 지구가 하는 일이다.
씨앗이 땅에 떨어지면 인간은 거들 뿐 자연과 법칙이 키운다.
설계를 잘해야 좋은 집을 지을 수 있다.
설계하는 행위를 창조라 한다.
우리는 여기서 창조를 배우는 중이다.

좋은 씨앗은 세상에 널렸다.
신이 만들어 놓은 기본패턴이 있고,
문명과 기술, 검증된 성공담, 좋은 레시피, 좋은 책은
남들이 심혈을 기울여 만들어 놓은 씨앗이다.
마음에 품어 키우면 내 것이 된다.
창조는 모방에서 시작된다.

심고 수확하는 횟수가 반복될수록
씨앗은 점점 우량 품종이 되고 습이 들어
애쓰지 않아도 저절로 나고 자라 수확물이 생긴다.
밭에 씨앗을 뿌려 두면 매년 새로 나는 것처럼.

사람들은 자신도 모르게 불행의 씨앗을 만들어
반복 수확하는 경우가 많다.
자신의 영토에 곡식이 자라고 있는지
잡초가 자라고 있는지 독초가 자라고 있는지
도대체 모르고 살아왔다.
이제 우리는 무의식적인 창조에서 벗어나
의식적인 창조를 해야 한다.

시방세계

의식의 세계에는
시간과 공간이 존재하지 않는다.

모든 것이 동시에 존재하다가
생각이 미치는 순간,
인식하는 순간 현재가 된다.
우리의 의식은
과거, 미래, 현재를 순간 이동한다.

육체는 시간과 공간 속에 있고
의식은 그 모든 것이 나온 근원이고 무시공 세계다.
우리는 시공과 무시공 세계를 동시에 살고 있다.

그 두 세계를 모든 세계,
즉 시방세계(十方世界)라 한다.

전 우주가 인간을 지원한다

신의 꿈을 인간을 통해 이룬다.
인간의 꿈이 신의 꿈이다.
신이 인간의 꿈을 지원하기 위해 우주를 창조했다.

하늘(우주 의식)은 그대의 부름에
언제나 응답하고 답을 찾아 연결한다.
어떤 경로를 통하든 마음에 닿게 한다.

하늘은 그대가 원하는 걸 얻을 수 있는
영감 또는 생각의 씨앗을 준다.
남자는 씨를 만들어 주기 때문에 하늘이라고 했고
여자는 키우기 때문에 땅이라고 했다.

스스로 요청해서 답을 받아도 작심삼일로 끝나거나
씨앗을 받은 사실조차 인지하지 못한다.
씨앗을 받거나 얻어 오면 내 의식에 새겨 넣고
싹을 틔우고 키워서 성과를 체험하고
스스로 된다는 확신이 서야 내 것이 된다.
노력과 시행착오는 감수해야 한다.

그다음부터는 자동이 되고 습관이 된다.
'나'라는 소우주에서는 나의 의식이 하늘이고 신이다.
내 의식은 전체의식과 연결되어 있다.
우주의 모든 정보는 몰입하면 꺼내 올 수 있다.
신의 생각을 현실화하는 것이 우주 시스템이고
인간의 생각을 현실화하는 것이 우리의 육체다.

그대는 혼자가 아니라 전 우주와 유기적인 관계다.
전체 속에 독립된 개체로 존재한다.
내 몸 안에 세포들처럼….

우리는 원래 스스로 원하는 것을 이루어
자유롭고 풍요롭게 살도록 창조되었다.
그것이 신의 꿈이었기에 신이 지원한다.
스스로 도우면 하늘이 돕는다.

나는 누구인가?

정자와 난자가 만나면
세포가 자신을 수없이 복제해서 몸을 짓는다.

몸이 완성되면 그 몸을 운영할 수 있을 만큼의
영혼 의식이 들어오고 나가는 문이 닫힌다.
문이 닫히면 수명이 다할 때까지 못 나온다.
더러 부수고 탈출하는 놈들이 있지만.

몸 안에 들어간 영혼은 그 몸의 유전자와 형상에 맞는
마음이라는 운영체제가 생성된다.
같은 영혼이 들어가도 유전자에 따라 형상에 따라
다른 인격과 다른 마음이 생긴다.
알아차림은 영의 작용이고, 생각이 일어남은 혼의 작용이고,
감정이 일어남은 물질적 형상에서 기인한다.
인간은 그 모든 것을 담아놓은 경이로운 존재다.

의식은 매 순간 바람처럼 자유롭게 움직이기 때문에
한 곳에서 지속성을 유지하기가 힘들다.
서로 만나 사랑하고 아기를 낳아 기르고

원하는 것을 단계별로 이루어 가려면
빛을 한곳에 정박시킬 필요가 있어 육체에 닻을 내리고 산다.
빛은 밀도가 높은 물질을 통과하지 못하기에 육체에 담았다.
물질을 뒤집어쓰고 빛이 차단되어 전체와 연결이 끊어지고
두려움과 탐욕과 무지와 집착이 생기고
육체의 한계를 벗어나지 못한다.
인간은 빛이 없는 존재가 아니라 빛을 가린 존재다.

우리는 단계별로 진동을 낮추면서,
점점 더 무거운 몸을 입고 더 깊은 어둠 속으로 들어왔다.
우주 삼라만상이 하나에서 나왔고
우리는 존재함이고, 빛이고, 색이고 그 모든 것이다.

세포가 자신을 수없이 복제하여 몸을 키우듯이
신이 자신을 복제하여 우주 삼라만상을 펼치고
지구상에 80억의 다양함으로 나투었다.

나는 우주 전체와 똑같은 구조의 소우주이며
동시에 80억의 다양함 중에 하나다.
우리의 모든 속성은 동일하고
각자 경험으로 활성화된 부분이 다르다.

이 우주는 자신의 빛을 있음과 없음으로 나누어
있는 것과 없는 것의 차이를 체험하고
자신을 알아가는 중이다.

우리는 그런 세상을 경험하기 위해서 그런 세계로 들어간다.
육체가 있어 늘 새로운 체험이 가능하고,
목적을 이루면 원래대로 돌아간다.

우리는 잘못하지 않았다

태초에 영혼이 근원에서 떨어져 나와
우주에 뿌려졌을 때 뭔가 잘못되었다고 생각했다.
원죄론의 시작이다.
그래서 잘못된 것을 바로잡아
다시 원래대로 돌아가고자 했다.
내가 잘못할 수 있으면 너도 잘못할 수 있다고 믿고
서로의 잘잘못을 지적하고 바로잡으려고 했다.
거기서 선악의 구별과 수많은 시비가 생겼다.

아버지 몸에서 생성되어 어머니 자궁으로 출산 되고
어머니 자궁에서 지구로 출산 되고
지구에서 태양계로 은하계로 우주로 점점 확장되어
다시 근원으로 회귀하는 게 빛(영혼)의 여정이다.

잘못해서 추방된 것이 아니다.
우리는 잘못되지도 않았고 잘못하지도 않았고
무지한 중생도 아니다.
'우리는 잘못되었다'를 '우리는 잘하고 있다'로 바꿔야 한다.
우리는 잘하고 있다.

유체 이탈 - 화엄사에 가다

아들과 식탁에 앉아서 차 마시고 있는데
내가 어디론가 가고 있다.
눈뜨고 꿈을 꾼다.
헐~ 신통한 능력을 가졌네.
내 의식이 동시에 두 곳에 존재한다.
내 의지와 상관없이 일어난다. 그게 불만이다.

산길을 걸어 올라가니 일주문이 보인다.
일주문을 지나 올라가니
다른 건 희미하고 종각만 또렷이 보인다.
바닥은 돌로 되어 있고 벽은 기둥만 있고
지붕은 화려한 단청이 되어 있다.
어디냐고 물으니 구례 화엄사라고 한다.
종소리라도 듣고 오라는 건가?

일주일 후 남편과 둘이 화엄사에 갔다.
낮 12시에 종을 친다고 한다.
시간이 남아서 각황전에 들어가 보려는데
각황전 입구에 있는 공룡알처럼 생긴 돌이 나를 잡아끈다.

가까이 다가가니 돌 표면 여기저기에 금이 가더니
눈부신 황금빛 가루가 새어 나와
나선형을 그리면서 온 사방으로 퍼져 나간다.
가슴이 설레고 두근거린다.

다음은 대웅전에 갔다.
법당에 앉아 눈을 감으니 법당 안이 동백 에너지로 가득하다.
들어갈 때는 몰랐는데 나와서 보니
각황전 주변으로 동백꽃이 만발해 있다.

시간이 다 돼서 종각으로 갔다.
종소리가 울리는데 가슴이 파르르 진동하고
종소리를 타고 황금빛 가루가 온 세상으로 퍼져 나간다.
저 돌은 누가 저기다 갖다 놓은 걸까?
알고 그랬을까?

황금 에너지, 황강

또 눈을 뜨고 꿈을 꾼다.
금빛 물결이 찰랑대는 강이 보이고
강가에 정자가 하나 보인다.
'황'이라는 단어가 떠오른다.

설마 황강이란 게 있다는 건 아니겠지!
황강을 검색했다. 그런 강이 다 있네.
황강을 이미지 검색을 하니
함벽루라고 좀 전에 본 것과 똑같은
고려 시대에 지은 정자가 나온다.

2016년 6월 26일

함벽루에 다녀왔다.

새로운 세상의 에너지 통로라나.

함벽루에 올라가서 한참을 서 있었다.

강물의 기운이 편안하고 좋다.

그냥 오려니 뭔가 좀 아쉽다.

함벽루에서 내려와서 기웃거리니

위로 올라가는 계단이 보인다.

계단을 올라가니 산 중턱에 길이 있고

산이라고 하기에 민망한 조그만 야산이 하나 있다.

황우산이라고 한다.

산에 한 번 올라가 보고 싶은데

제대로 된 길이 없어 보인다.

지인과 함께 온 어린아이들 데리고

숲을 헤치며 산을 오르고 싶지 않아 돌아가려는데

다섯 살 꼬맹이가 올라가자고 하고

네 살 꼬맹이는 내 옷을 잡아끈다.

막상 올라가 보니 밑에서 보던 것과 다르게

잘 다듬어진 등산로가 있고

경사가 있는 곳에는 나무 계단이 있다.
정상에 올라가니 평지가 있고
중간에 나이 든 소나무가 몇 그루 있다.
에너지가 매우 특별하다.

소나무에 기대어 눈을 감으니
하늘에서 풍요 에너지가 소나무를 타고 내린다.
하늘에서 이 주변 소나무들을 타고 내려와
함벽루로 내려간다.

함벽루에 모인 황금 에너지가 빗물에 씻겨
황강으로 떨어져 강물을 따라 바다로 간다.
누각 처마의 물이 황강에 떨어지도록 배치한 이유고
황강, 황우산이라 이름 지은 이유다.

함벽루 -다음 백과-

합천 8 경중 제5경인 함벽루는, 고려 충숙왕 8년(1321년) 합주 지주사 김영돈이 창건했으며 안진이 이 사실을 기문으로 적었다. 이황, 조식, 송시열 등과 같은 조선시대 최고 문인들의 글이 누각 내부 현판에 걸려 있으며, 뒤 암벽에는 함벽루라 새긴 송시열의 글씨가 있다. 누각 처마의 물이 황강에 떨어지도록 배치된 점은 특히 유명하다.

인간성의 한계와 초월

개구리도 창조 목적이 있고 사자도 창조 목적이 있다.
그 몸을 입은 목적을 다하면 다음 진화를 위해 몸을 바꾼다.
하나의 몸으로는 성장의 한계가 있다.
나는 공룡들이 새가 되어
지금도 진화를 계속하고 있다고 본다.
진화는 멈추지 않는다.
인간도 창조 목적이 있고
지금의 인체로 할 수 있는 한계가 있다.

동물들의 창조 목적은 그들이 살아가는 모습에 나타나 있고
인간의 창조 목적도 그들의 생활상에 드러나 있다.
이 허접해 보이는 우리네 일상이 인간을 창조한 목적이다.
다른 목적이 있었다면 다르게 살았다.

고로 우리는 지금 목적에 맞게 인간답게 잘살고 있다.
이렇게 살려고 여기 왔다.
인간 생의 목적이 충족되면 변이가 일어나거나
신인류가 나와서 다음 단계로 넘어간다.
늘 그래왔다.

그래서 김씨, 이씨, 박씨라 한다

아이는 무엇이든 될 수 있는
무한한 가능성이 있다고 생각하고
구도자는 고된 수행으로
깨달음을 얻을 수 있다고 생각한다.

사과가 노력한다고 봄에 익는 게 아니고
개미가 노력한다고 나비가 되지 않는다.
곡식이 익어 가는 철이 있고 사람이 익어 가는 철이 있다.

인간도 자연이다.
자연과 똑같은 법칙을 적용받는다.
모든 씨앗이 만들어질 때 이미
참나무인지 민들레인지 정해져 있듯이,
우리 또한 태어날 때 그 무엇의 씨앗으로 왔다.

무슨 씨인지 유전자에 저장되어 있다.
그래서 김씨, 이씨, 박씨라고 한다.
삶의 모든 경험은 유전자에 기록되어 있고
각자 그 내용이 모두 다르다.

그래서 생김도, 능력도, 성품도 모두 다르다.
우리는 참나무가 되기 위해서 온 것이 아니라
참나무로 살아보기 위해서 왔다.
어떤 참나무로 살 건지는 그대 자유다.
어떤 나무도 아름다운 꽃을 피울 수 있다.

자신이 좋아하는 일이나 잘하는 일이
아마도 다른 생에서도 해본 일이고
그와 관련된 기억들이 무의식에 저장되어 있다.
돈 되는 일보다 내가 좋아하는 일이나,
잘하는 일을 하는 게 발전이 더 빠를 수 있다.

그러나 한 번도 가 보지 않은 새로운 길을
도전해 보는 것도 나쁘지 않다.

게임의 법칙

지구는 신이 만든 게임판이다.
신이 자신의 캐릭터를 만들어
그 캐릭터 속으로 직접 들어와서 게임을 하고 있다.

육체는 가상현실을 체험하는 VR 기기와 같다.
육체를 입으면 자신이 누구였는지 잊어버리고
가상현실이 보인다.

게임의 법칙은 이미 정해져 있고
어떻게 즐길지는 자유의지에 달렸다.
게임 서버가 존재하는 한,
같은 게임을 여러 번 반복할 수도 있고
레벨을 키워 갈 수도 있고
다양한 캐릭터를 사용해 볼 수도 있다.

게임 서버 안에는
삼국시대와 조선시대와 현재가 동시에 존재한다.
내가 이 시대 이 시점을 선택해서 왔고
우주에는 수많은 게임 서버가 있다.

게임에 접속해서 내가 길을 만들어
가는 것이 아니라 길은 이미 설정되어 있다.

어떤 이는 재벌의 길을 선택했고,
어떤 이는 예술가의 길을 선택해서
중간중간 놓인 도구를 득템하고
경험치를 높이며 각자 원하는 길을 가고 있다.
나는 지혜를 얻는 길을 선택했고
아들은 소중한 것을 지킬 수 있는 힘을 원했다.

어떤 길을 가든 로그아웃 전까지
그 게임 안에 있고 지든 이기든
왕이 되든 거지가 되든 게임의 기술을 익힌다.
게이머와 아바타는 둘이 아니다.
아바타의 의지는 게이머의 의지다.

우리의 본성

우리의 본성은 사랑이고 빛이고 자유다.
사랑으로 연결되어 있고 자유롭게 빛을 추구한다.
본성이 침해당할 때 고통스러워하고
본성대로 살아갈 수 있을 때 기쁨과 행복을 느낀다.

사랑이란 하나라는 인식이다.
연결되지 못하고 거부되고 단절되었을 때
혼자라는 막막함이 생기고 외로움을 느낀다.
외로움은 단절되어 있다는 알람이다.

인간은 혼자서 모든 에너지를 충족시키지 못한다.
하늘에 별들도 금성, 목성, 화성, 수성, 토성이 있어
오성의 기운이 모두 다르고
오성이 어우러져서 오행의 기운이 충족된다.
인간들도 서로 어울려 살면서 필요한 에너지를 주고받는다.
외롭다는 것은, 다른 에너지가 필요하다는 뜻이다.

빛을 추구한다는 것은
자신이 옳다고 생각하는 것을 추구함이다.

영혼의 열정은 다양한 경험을 쌓아 지혜를 얻는 것이고.
사람들이 추구하는 것은,
본성의 끌림과 삶의 경험에서 비롯된
결핍과 욕망과 트라우마가 뒤엉켜 있다.

돈이 최고라고 생각하는 사람은 돈을 추구하고
사랑이 최고라고 생각하는 사람은 사랑을 추구한다.
지식이든 명예든 권력이든 아름다움이든
스스로 빛이라고 믿는 것을 추구하며 앞으로 나아갈 때
열정이 생기고 신이 난다.

우리는 무한히 자유로운 존재다.
정신적이든 육체적이든 흐름이 막히고
자유를 잃으면 고통을 느끼고 병이 든다.
그러나 그런 삶을 반복하면서 견디는 힘과
장애물을 헤치고 앞으로 나아가는 근력을 강화한다.

어떤 길을 선택해도 배움이 있고 얻는 것이 있고
어떻게 살아도 여기 온 목적을 달성한다.
그대는 항상 옳다.

사랑은 끌어안는다

사랑은 끌어안는다.
원래 하나였으니까
두려움이 옅어지면 서로 끌어당긴다.
물방울이 서로 당겨 하나가 되는 현상과 같다.
물방울이 모여 비가 되고 강이 되고 하나인 바다가 된다.
바다는 모든 생명체의 본향이다.

두려움은 밀어낸다.
너를 모르니까
밀어내는 힘이 있어 균형 잡고 성장하고 생명력이 지속된다.
인력만 작용하면 우주 심장이 멈춘다.

육체를 입고 어둠 속에 갇혀
서로 남이 되었는데 아무나 끌어안으면 잡아먹힌다.
그때는 두려움으로 경계해야 자신을 지킬 수 있다.
세상 모든 것에는 양면성이 있다.
그 둘은 고정되어 있지 않고 자리를 바꾼다.
무엇에 대해 안다는 고정관념이 생기면
한쪽으로 치우치고 유리천장에 갇힌다.

빛이 밝아지고 아는 것이 많아지면
두려움이 사라지고 주변을 끌어안기 시작한다.
그게 사랑이다. 너를 알게 되니까
너와 나 사이에 벽이 사라지고 하나가 된다.

남녀 간의 사랑은
자신에게 없는 반쪽의 에너지를 가진 사람을 만나면,
완전해지고 싶어서 본능적으로 끌어당기는 힘이 발생한다.
자석의 음극과 양극이 서로 끌어당기는 현상과 같다.
완전해지고 싶어서 끌어당기고
나와 다른 것을 받아들이기 힘들어 다시 밀어낸다.
끌어당기고 밀어내고 반복하면서 하나가 되어간다.

분열할 때는 두려움이 성하고 수렴할 때는 사랑이 성한다.
봄과 여름에는 힘을 가진 자가 승자가 되고
가을 겨울에는 지혜를 가진 자가 승자가 된다.
세상은 돌고 돈다.

고통의 원인과 행복의 조건

우리의 행복에는 늘 조건이 붙는다.
부자가 되면 예뻐지면 사랑받으면 행복하겠다.
행복은 외부 조건에서 오는 게 아니라 마음 상태다.
마음이 편하면 행복하다고 느끼고
마음이 불편하면 불행하다고 느낀다.

마음은 어느 것에도 매이지 않고
본성대로 자유로울 때 지복의 상태에 이른다.
고통은 막히고 단절되어 흐르지 못할 때 생긴다.

몸은 기혈이 막히면 염증이 생기고 통증이 온다.
마음은 답이 없는 상황에 앞이 캄캄할 때,
그 상황이 언제 끝날지 기약이 없을 때 가장 고통스러워한다.

그런 상황이 오래 지속되면 내분비계 순환 속도가 느려지고
체온이 내려가고 의욕이 사라지고 우울해지고
병이 생기고 자신의 생태계가 무너지는 악순환이 일어난다.
불행한 사람은 그 생각에 사로잡혀
자신이 만든 감옥에서 살면서

무엇이 그토록 자신을 불행하게 하는지 모른다.
마음의 고통이 심해지면
사람들은 돈 때문이라고 생각하고 돈을 갈망한다.
많은 문제가 돈으로 해결할 수 있었고
해결하고 나면 묶인 마음이 풀려났기 때문에
돈을 벌면 다 해결된다고 믿는다.

요즘 사람들이 돈에 더 집착하는 것은
그만큼 더 마음이 불안하고 강박증이 심해졌다는 뜻이다.
그러한 강박과 조급증이 상황을 더 악화시킨다.
돈이 행복에 도움이 되기도 하지만
근본적인 해결 방법이 아니다.

원인을 알아야 또 다른 불행에 빠지지 않는다.
불행은 돈 때문이 아니라
본성대로 살지 못하고 자유를 잃었기 때문이다.
성공해서 돈이 많아서 얼굴이 예뻐서
행복할 수 있다면 연예인과 재벌과 대통령이
세상에서 가장 행복해야 한다.

행복은 채워서 얻는 게 아니라 비워서 얻는 경지다.
모든 것을 다 바쳐 전력 질주했지만,

그곳에 도착해도 행복하지 않을 때 진짜 불행이 시작된다.
원하는 것을 추구하는 행위는 바람직하나,
원하는 것을 얻는 것과 행복해지는 것은 다른 문제다.
마음이 걸림 없이 자유로워야 행복해진다.
무엇이든 흐르고 통하면 편안하고 즐겁다.
현대인들은 마음을 온통 고무줄로 감고 있는 것과 같다.

마음이든 몸이든 굳어지고 무너지기 전에
스스로 돌볼 수 있어야 하고
맺힌 마음은 스스로 풀 수 있어야 한다.
앞으로는 치료의학보다 예방의학이 더 발달할 거라고 본다.
그렇게 되면 환자를 반 이상 줄일 수 있다.
마음의 병이 몸의 병을 만든다.
마음이 편하면 사람들이 건강해진다.
마음이 편하면 굳이 더 가지고자 기를 쓰지 않는다.

제주의 한

2013년 5월, 제주는 행복하지 않다.
서글픔과 한의 에너지가 가득하다.
제주는 돌에 한을 모은다.
모아 놓은 한이 서리서리 깊기도 하다.
바람이 칠 때마다 한이 풀풀 배어 나온다.

제주도에서 가장 큰 재산은 숲과 바람이다.
오염되지 않은 숲의 에너지가 있다.
한이 제주로 모이는 것은
한을 씻어주는 제주의 숲이 있기 때문이다.
제주의 숲과 바람은 한을 치유한다.

이제 숲의 에너지가 활성화되어
한을 치유하고 돌아가는 길이 열렸다.
그래서 사람들이 제주로 모인다.
천 년을 한의 중력에 발목 잡힌 채
갇혀 살아온 영혼들이 풀려나고 있다.
영혼들로서는 견딜 수 없는 고통의 시간이었다.
지금 제주는 한과 습이 사라지고 기운이 바뀌는 중이다.

생각의 늪에 빠지다

한 생각에 사로잡히면 늪에 빠진다.
그 생각 속으로 점점 더 깊이 빠져들어
내 인생이 온통 암흑처럼 느껴지고 절망감에 빠진다.
두려움은 조급증과 강박증을 동반한다.

어떻게 하면 이 문제를 해결할 수 있을까?
고뇌하고 고뇌하며 더 깊이 빠져든다.
그 상태로는 문제를 바로 인식하기도 힘들 뿐 아니라
답을 찾아내지 못한다.

그대가 고통스러운 것은 그 생각 속에 빠져 있기 때문이다.
그 생각이 늪이고 감옥이다.
마음이 그곳에 잡혀서 꼼짝할 수 없어서 고통을 느낀다.
본질을 이해해야 한다.

지금 그대에게 급선무는
이 문제를 어떻게 해결할 수 있을까가 아니라
어떻게 하면 이 감정 상태에서 빠져나갈지 고민해야 한다.
지금 나를 집어삼킨 고통에서 풀려나

마음의 자유를 얻을 수 있다면
미운 놈도 너그러이 용서하고
포기할 건 쿨하게 포기하는 게 이득이다.

그대가 문제를 끌어안고 고뇌하고 있다면
그 문제가 무럭무럭 자라도록 먹이를 주고 품어 키우는 중이다.
그대는 마음만 먹으면 어둠에서 빛으로 순간 이동할 수 있다.

마음을 먹어 버리자!

원리 전도몽상

마음이 지복의 상태에 이르면 현실이 지복의 상태가 된다.
마음이 지옥이면 환경도 지옥이 된다.
환경은 밖으로 드러난 마음이다.
진정한 풍요는 재물을 얼마나 많이 모았느냐가 아니라
필요할 때 돌고 도는 순환이다.
요즘은 옛날처럼 물이나 쌀을 쌓아 두지 않고도
부족함을 느끼지 않듯이 앞으로는
재화도 쌓아 두지 않고 필요할 때 꺼내 쓰는 때가 온다.

마음이 풍요로운 사람들이 그 세상에 먼저 도착한다.
소소한 일상의 행복부터 찾아서 감사하면 선순환이 일어난다.
마음을 먼저 바꿔야 현실이 바뀐다.
사람들은 현실이 먼저 변해야 마음이 행복해진다고 믿는다.
부처는 이걸 '원리 전도몽상'이라고 했다.

마음이 안정되고 여유로우면 평생을 애쓰고 허덕이지 않아도
필요한 것이 필요한 때에 내게로 온다.
우리는 원래 그렇게 창조되었다.
때가 되면 우리는 본성을 회복한다.

마음은 창조의 권능을 가졌다

마음에서 모든 것이 나오고
마음은 신을 대리하고 창조의 권능을 가졌다.
부처의 8만 4천 경전을 5자로 줄이면
'일체유심조'라고 할 수 있다.

일체유심조란
모든 것은 마음이 만든다는 뜻이다.

마음이 지옥을 만들고 천국을 만든다.
현실은 마음이 드러난 상태다.
마음이 펼쳐지면 현실이 된다.
마음을 알고 다룰 줄 알아야 해탈할 수 있다.
마음은 신을 대리하고 인간을 대변한다.

운명을 바꿀 수 있나?

운명을 바꾸기 위해 운명을 받아들이고 산다.
룰을 알아야 룰을 벗어날 수 있다.

과거에는 가뭄이 들면
기우제를 지내고 하늘만 바라봤다.
지금 농부는 룰을 알기에
비를 기다리는 게 아니라 비를 가두고
봄을 기다리는 게 아니라 봄을 만든다.
원리를 터득하게 되면서 타고난 얼굴을 바꾸고
죽을병을 고치고 태어나는 날짜도 바꾼다.

그대가 팔자를 바꾸려면
그대라는 우주에 대해서 알아야 한다.
앎은 경험에서 온다.

운명론과 개척론은 둘 다 맞다.
운명을 받아들이고 살다 보면
운명을 초월하는 이치를 터득한다.

업이란 무엇인가?

내가 옳다고 생각하는 것,
평생 보고 듣고 느끼고 행하며
반복하여 마음에 담아온 관념이다.
그것은 유전된다.
오래 쌓일수록 업장이 크다고 하고
습관의 힘을 업력이라고 한다.

어떤 관념을 쌓았느냐에 따라 성격이 되고
유전병이 되고 불행이 되기도 하지만
성공을 불러오는 습관이든 불행을 불러오는 습관이든
선업이든 악업이든 다 업이다.

필요한 관념을 받아들여 유지하다가
목적이 다하면 다른 생각을 덮어쓰고 다른 업력을 가진다.
업은 나쁜 것도 아니고 좋은 것도 아닌 시스템이다.

무엇을 하든 처음엔 쌓아 올리고 유지하다가
필요가 다하면 허문다.
모르면 독이 되기도 하고 알면 응용할 수 있다.

서로 싸우는 이유

빅뱅이 일어나고 360도 방향으로 흩어져
진화를 해왔기에 각자 진화의 방향과 경로가 다르다.
지구는 여러 진화의 경로에 존재했던 모든 생명체와 무생물까지
다 들어와 있는 우주의 도서관이다.

각자 다른 경험을 하고 다른 모습으로 살다가
인간을 창조하면서 전체 우주를 지구에 그대로 담았다.
생각과 경험이 다른 80억 인류가 고양이 합사하듯
지구별에 갇혀 서로 다른 상대를 이해하지 못하고
받아들이지 못하고 치고받고 싸우고 있다.

우주의 모든 것을 지구에 담았고
지구의 모든 것을 인체에 담아 전 우주가 서로 공명한다.
인간은 지구의 세포고 지구는 우주의 세포다.
우주는 프랙탈 구조로 되어 있다.
그래서 사람들은 자신의 모든 것을 온전히 받아들이지 못한다.

각자 활성화되어 있는 부분이 다르지만
모든 잠재성을 다 내포하고 있다.

내가 나의 모든 부분을 받아들이고 통합하면
전 우주를 통합하는 것이 된다.
현재 80억이 십시일반으로 도전 중이다.

결혼은 하나의 모티브다.
서로 다른 환경에서 자란 남녀가
결혼하고 한집에서 살게 되면
서로 맞지 않는 부분들 때문에 싸우고 갈등하면서
서로를 이해하고 받아들이고 하나가 된다.

최고의 진리

천수경에 '사홍서원'이 있다.
이 글을 처음 봤을 때 매우 감동했다.
다시 보니 역시 최고의 가르침이다.
나는 종교를 믿지 않는다.
진리는 믿는 것이 아니라 아는 것이다.

사홍서원
중생무변서원도 번뇌무진서원단
법문무량서원학 불도무상서원성
자성중생서원도 자성번뇌서원단
자성법문서원학 자성불도서원성

네 가지 큰 서원이라는 뜻이고 8문장으로 되어 있다.
위에 4문장은 문제를 제시했고
아래에 4문장은 답을 제시해 놓았다.
남들이 뭐라 하든 나는 이렇게 해석한다.

중생무변 서원도
끝없는 중생을 다 구제하겠다. 어떻게?

자성중생 서원도
내 마음속의 중생을 구제하겠다.
나를 구제하는 것이 세상을 구제하는 일이다.

번뇌무진 서원단
번뇌가 끝이 없지만 다 끊어 내겠다. 어떻게?
자성번뇌 서원단
나의 번뇌를 다 끊는 것이
세상의 모든 번뇌를 다 끊어 내는 일이다.

법문무량 서원학
법문이 끝이 없지만 다 배우겠다. 어떻게?
자성법문 서원학
나의 마음과 본 성품을 아는 것이
모든 법문을 다 아는 것이다.

불도무상 서원성
불도가 드높지만 다 이루겠다. 어떻게?
자성불도 서원성
나의 본성을 회복하면 불도를 다 이루는 것이다.
나는 곧 우주다.
나를 바로 알면 우주를 통달한다.

독을 만드는 이유

어린 것은 여리고 부드럽다.
부드러워야 잘 늘어난다.
그러나 부드럽고 힘이 약하면 남의 밥이 된다.
독이 없는 풀은 뜯어 먹히고 약한 동물은 잡아먹히고
사람들은 약하면 얻어맞고 이용당하고 빼앗긴다.

조금 더 크면 살아남기 위해 독을 만들고 발톱을 세우고
자신을 방어할 수 있는 방법을 찾는다.
오랜 진화의 시간을 걸어왔기에
이미 유전자에 자신을 지키는 방법과
먹고살아 가는 방법이 각인되어 있다.
풀과 과일은 독을 만들고 맹수는 이빨을 갈고 발톱을 세운다.
사람도 살아남는 법을 각자 배운다.

공격적인 사람이나 양아치들은 한창 독을 키우는 성장기다.
독을 품고 발톱을 세워야
자신을 지키고 종족을 보존할 수 있다.
오랜 생을 얻어맞고 당하다 보면
당하면서 배우고 배운 대로 행동한다.

부족하면 당하고 당하면서 부족한 부분을 채우고
채워서 넘치면 나눈다.
그 또한 자연의 섭리고 공존의 법칙이다.

가끔 상담자 중에 싫은 소리 못 해서 손해를 본다고
어떻게 해야 하냐고 묻는 사람이 있다.
그냥 그대로 조금 더 사시라 한다.
조금 더 당하면 독이 올라 엎어 놓게 된다고.

얻어맞고 자라면 폭력을 배우고
실력을 보고 자라면 실력을 키우고
수완을 보고 자라면 수완을 배운다.
그도 저도 못 하면 이리저리 당하고 산다.

밟히고 눌리는 경험도 필요하고
독을 채우는 사회악도 있어야 자신을 지키는 법을 두루 배운다.
서툴고 미숙해서 더러 문제가 발생하지만
그마저도 자연스러운 현상이다.

식물은 다 자라면 독이 약이 되고
과일은 독을 당으로 바꾸고 사람은 지혜로 발효시켜 나눈다.
이 또한 있는 그대로 아름답지 않은가?

세상에서 가장 무서운 것

세상에서 가장 무서운 게 뭐야?
사람의 마음!
거기서 모든 게 나오거든.
사람의 마음은 한순간에 천사가 되었다가
한순간에 악마가 되기도 하지.

그걸 제어하고 중화시키는 게 경험이고 역지사지야.
나를 괴롭히는 사람을 죽여 버리고 싶은 마음이
극에 달하면 법칙은 죽어 줄 사람을 끌어당기지.

그래서 죽이고 나면 양심이 발동해서 자기 처벌이 일어나고
이번에는 나를 죽여 줄 사람 앞에 줄을 서게 돼.
그렇게 죽어 보고 죽여 보고 반복하다 보면
죽이고 싶은 마음의 끝을 알게 되지.
충분히 하고 나면 '느낌 아니까' 하고 싶은 마음이 사라지지.
그렇게 하나씩 배우고 익히고 중화시켜 가는 거지

그래서 수천 년을 서로 미워하고 증오하고 죽고 죽이며
그 숱한 세월을 아프게 살았지.

무슨 큰 영광을 얻겠다고
그렇게 고통스럽게 살아왔는지 회의가 들기도 하지만
그런 걸 다 넘어서야 진정한 평화가 오는 거지.

해볼 거 다 해보고
서로 이해하며 정답게 살아보자는 거지.
반복하다 보면 넌더리가 나고
연민이 일어날 때 졸업하는 거지.

인연은 랜덤으로 오는 게 아니야.
서로 얽힘이 있었던 거지.
인연에 대한 절반의 책임이 있다는 거지.

나무의 꿈

사랑은 하나라는 인식에서 나온다.
엄마가 아기를 사랑하는 것은
자기 자신과 동일시하기 때문이다.

우리는 지구 나무에 달린 80억의 나뭇잎이다.
나무의 전체의식은
나뭇잎 모두가 자신임을 알기에 조건 없이 퍼 준다.
나무는 무지한 잎을 창조해서
나무가 되게 하려는 것이 아니다.
나무는 80억의 다양한 삶을 살아보고 싶어서 잎을 만든다.
잎은 나무의 아바타도 아니고 창조물도 아니고
나무 그 자체다.
꽃을 피우고 열매를 맺어 보고 싶었던 나무의 꿈이다.

부처와 예수는 나뭇잎의 관점에서
인류를 사랑한 것이 아니라
전체가 하나라는 나무의 관점에 있었기에
조건 없는 사랑과 자비가 당연했다.

성장기에 조건 없는 사랑을 하면
경쟁이 안 되고 진화가 안 된다.
잎이 지면 나무로 돌아가고
봄이 오면 다시 잎이 되어 나온다.

노인의(부처) 지혜로움이 높은 가치가 있고
그것이 생의 목표가 된다 해도
그곳을 향해 나아가는 젊은이의 시행착오가
무가치한 것이 아니다.

오늘 태어난 아이의 삶도 축복이고
우리의 삶도, 우리의 존재도 축복이다.

가슴을 깨워라

가슴을 깨우라는 말은
머리에 집중하지 말고 느낌에 집중하라는 뜻이다.

우리는 습관적으로 머리를 쓴다.
가슴이 닫혀 있던 오랜 세월 동안
머리에 의지해 왔기 때문이다.
머리는 내가 경험한 기록 중에서 답을 검색하고 추론한다.

그때는 그것이 필요했다.
살아가는 데 머리도 매우 중요하다.
가슴과 머리는 상호보완한다.
머리와 가슴을 균형 잡아야 한다.
지금은 머리에 치우쳐 있다.

가슴을 열면 앎이 연결되고 더 많은 감각이 깨어난다.
그때 그대는 잘못될 수 없다.
가슴은 균형 잡는 법을 안다.

두려움을 느낄 때 가슴은
자신을 보호하기 위해 문을 닫는다.
가슴에는 매우 예민하고
감수성이 풍부한 아이가 산다.

오랜 세월 두려움 속에 살다 보니 가슴이 닫혔다.
안전하다고 느껴야 가슴은 문을 연다.

가슴에는 느낌이 산다.
느낌은 신의 언어다.
느낄 때 신과 소통이 된다.

충돌하는 마음

얼마 전부터 위태위태해 보인다.
스트레스가 쌓여 감정 조절이 안 되고 있다.
조금만 건드려도 터질 거 같다.
저러면 멀지 않아 뭔 일이 생긴다.
그를 운영하는 신은 가장 효율적인 방법으로
압력을 해소하려 들 것이다.

먹구름은 비가 와야 해소되고
충돌하는 마음은 충돌이 일어나야 해소된다.
사람과의 충돌이든 자동차 사고 든
무언가 충돌 사고를 부른다.
쾅 하고 충돌하는 순간
그놈을 한대 쳐 버리고 싶었던 누적된 마음이 해소된다.

총기 난사도 이와 같은 원리다.
군대라는 공간에 그런 염력들이 쌓이고 쌓여서
압력이 한계치에 이르면
그 순간 그런 감정에 몰입하는 사람이 있으면
서로 끌어당겨 번개가 치고 감전되어

그 사람은 완전히 통제력을 상실하고
그 염력의 화신이 되어 버린다.
쌓여 있던 염력이 해소되어도
원인 해결이 안 되면 다시 쌓인다.
비가 오고 다시 구름이 쌓이듯이.

인간도 자연이다.
인간은 집단 에너지의 영향을 받지만
사람에 따라 다르게 반응한다.
약한 것은 쉽게 태풍에 끌려간다.

좋은 일이든 안 좋은 일이든 마음 에너지가 누적되면
법칙에 따라 현실로 드러나게 되어 있다.
그것은 인과응보도 아니고 팔자도 아닌 자연법칙이다.
우리는 신의 처벌이 아니라 법칙의 지배를 받는다.

불같이 끓어오르는 분노는 크든 작든 화기를 부른다.
설움과 한은 습기를 모아 눈물과 물난리로 빠져나간다.
옛날에는 설움과 한이 많아서
영화나 드라마도 눈물 나는 이야기가 많았다.
요즘은 스트레스 때문에
화를 모으고 충돌하는 기운을 모은다.

그래서 영화도 시원하게 두들겨 패고
무찌르고 해결하는 영화를 많이 본다.
오랫동안 속 끓이며 쌓아 온 것들은 병으로 나타난다.

내 안에 무엇이 쌓여 가고 있는지
자신을 들여다보고 터지기 전에
중병이 되기 전에 압력을 줄여야 한다.
사람들이 감정을 조절할 수 있으면 날씨도 온순해진다.
날씨와 사람들의 감정은 연결되어 있다.

너그러운 사람이 따로 있는 게 아니다.
스트레스나 불편한 감정들이 속에 가득 차 있으면
속이 좁을 수밖에 없다.
미움과 원망과 손해 본다는 생각이 가득 차 있으면
머릿속에서 종알거림이 끝이 없고
쓸데없이 에너지가 소모되어 늘 피곤하다.
그렇게 소모되는 에너지만 모아도
보다 의욕적으로 건강하게 살 수 있다.

불행은 습관이다

사람들은 자신의 불행과 행복이
객관적 현상이라고 생각하지만
매우 주관적이고 개인차가 크다.
행복도 불행도 마음의 습관이다.

자극이 오면
그렇게 반응하도록 마음에 길이 나 있다.
습관을 바꿔야 한다.
불행한 마음은 돈을 벌어도 가족이 있어도
명예를 얻어도 기쁨은 잠시뿐
늘 불안하고 불행했던 기억이 사나운 개처럼 쫓아온다.

그런 환경 속에 오래 있다가 보니
습관이 들어 늘 그런 에너지를 반복한다.
스스로 인지해야 빠져나온다.

그릇이 차면 인지되고 인식하면 비워지기 시작한다.
그대가 무언가 인지했다면 이미 빠져나오는 중이다.
그 속에 있을 때는 비교 대상이 없어 인식하지 못한다.

적자생존

민들레 홀씨가 어떤 것은 길가에 떨어져 밟히고
어떤 것은 꽃밭에 떨어져 건강한 꽃을 피우고
어떤 것은 지붕 위에 떨어져 고난을 겪는다.
민들레는 수많은 홀씨를 뿌려 다양한 삶을 동시에 경험하고
어떤 곳에 떨어져도 살아남을 수 있는 방법을 터득한다.
고난을 겪는 것은 팔자가 사나워서가 아니라
한계에 대한 도전이고 근력을 높이고 강해지기 위함이다.

동물들이 건기에 물과 먹이를 찾아 대이동하고
혹독한 겨울을 나고 심한 가뭄을 이겨내는 동안
약한 것들은 정리되고 강한 것들이 살아남아
새끼를 낳고 대를 잇는다. 인간도 마찬가지다.

좋은 세상을 맞이하려면 상승하려면 살아남아야 한다.
다른 말로 살아남으면 상승한다.
폭염도 가뭄도 태풍도 서리도 이기고
마지막까지 살아남는 게 커트라인이다.
강한 자가 다음 세상에 씨를 뿌린다.
세상은 창조 목적에 충실 하고 여기는 적자생존 구역이다.

제 3장

그대를 위하여

밤하늘에 별빛

그대가 현재 두려움을 느끼고 있다면
미지의 세계를 탐험하고 있다는 뜻이다.
두려움은 뭐가 뭔지 모를 때 일어나는 감정이다.
빛과 어둠 사이에 두려움의 장막이 있다.

어둠으로 들어가서 익숙해지면
거부감과 두려움이 사라지고
모르던 세상이 아는 세상이 된다.
그때 어둠의 영역이 빛의 영역이 된다.

그대는 기존에 없던 새로운 의식 세계의 길을
만들고 있는 모험가이자 개척자다.

오늘도 그대는
미지의 어둠 속으로 들어가
고난의 역사를 쓰고 등불을 밝힌다.
밤하늘에 별빛은 그대가 만들고 있다.

태양은 모든 것을 알고 있다

태양 빛이 예전과 다르다.
태양은 우리들의 정보 센터다.
빛이 밝아지는 만큼 앎이 많아진다.
태양은 모든 생명체가
만들어 내는 앎을 모아 되비쳐 준다.

빛이 밝아서 사물이 보이는 게 아니라
빛이 모든 것을 알고 있기에
빛이 나타나면 모든 앎이 드러난다.

태양 빛이 강해졌다는 것은
사람들의 앎이 많아졌다는 뜻이다.
밝아지는 만큼 우리는 더 많이 알고
더 많이 사랑하게 될 것이다.

차라리 재가 되어 숨진다 해도

아들 뒤치다꺼리에 등골이 휘는 엄마가 왔다.
이제 60대 중반을 넘어선 나이에
들어가는 돈은 감당이 안 되고
아들은 중독 상태라 손을 놓을 수도 없다고 한다.
버릴 수도 없고 껴안을 수도 없는 건
현실이 아니라 두려움이다.

그대 잠재의식에는
책임을 지는 것에 대한 두려움이 있고
버리는 것에 대한 두려움이 있다.
그래서 그런 현실을 마주했다.

두려움을 이겨내면 어느 쪽을 선택하든 상관이 없다.
두려움을 벗어나지 못하면 그 둘의 무게는 같다.
두렵다는 것은 모른다는 뜻이고
아직 경험이 충분하지 않다는 뜻이다.
알기 위해서 경험하는 중이다.
나는 망설이고 밀어내는 쪽보다
차라리 끌어안는 쪽을 택할 것 같다.

옳고 그름의 문제가 아니라
버린 후에 받을 자책의 무게를 너무나 잘 알기에
차라리 재가 되어 숨진다 해도
불덩이를 껴안고 가는 길을 택할 거 같다.
어느 쪽을 선택해도 지옥이라면 차라리 조건 없는 사랑에
생을 걸어 볼 만한 가치가 있지 않을까?

이것은 내 경험에 의한 나의 판단이고,
그대 안에 기댐과 의지함이 남아 있다면
그대는 손을 놓아 버리는 쪽을 선택하게 될 가능성이 높다.

결과를 두려워하지 말고
내가 할 수 있는 만큼 최선을 다하면
어떤 결과가 주어진다 해도
후회와 자책은 내려놓을 수 있고 아픈 만큼 성장한다.
무엇을 선택해도 얻는 것이 있다.

내가 아프면 그도 아프다

그의 말 한마디에
내가 아프다면 내게 상처가 있다는 뜻이다.
세상 사람들이 나의 상처까지
들여다보고 헤아려 줄 수는 없다.
내가 그의 상처를 들여다볼 여유가 없듯이.

모두가 자신의 상처를 부여안고 살아간다.
그들도 무섭고 두려워서 방어막을 치고 발톱을 세운다.
세상살이 성공하는 비결은 내 편을 많이 만드는 일이다.
내 편이 되어 주기를 바란다면
내가 먼저 그의 편이 되어 줘야지.

싸울 땐 싸우고 미울 땐 밉다고 하고
고마울 땐 좀 고맙다고 하자.
이쁠 때는 좀 안아 주고
나를 위해 수고하면 감사할 줄도 알고
그가 미소 지어 주면 나도 좀 웃어 주자.
오늘은 멋있다고 과한 칭찬도 더러 하고.
싸울 때는 잘도 확대 해석하고 넘치게 과하지 않나?

미운 정이 있으면 고운 정도 있어야지
그도 나에게 마음 붙이고 살 거 아닌가?
내가 이렇게 불편한데 그는 행복하겠나?

서로 총질해 놓고 내 상처만 들여다보지 말고
남의 상처도 좀 들여다보자.
그게 여유고 품격이다.

그의 상처는 헤집어 놓고
나의 상처는 보듬어 주기를 바란다.
가는 게 있어야 오는 게 있지.

전생의 원을 이루다

어떤 부부가 왔었다.
이혼하니 마니 시끄러운 부부다.
전생에 남편은 잘나가는 양반가의
장래가 촉망되는 청년이었고
여자는 가난하고 보잘것없는 집안의 딸이었다.

결국 여자는 남자 부모로부터
온갖 모욕과 행패를 당하고 헤어지게 되었고
둘은 못다 이룬 사랑을
다음 생에 이루자고 간절히 원했다.

그래서 그들은 이번 생에 다시 만나
애틋하고 뜨거운 사랑에 빠졌다.
그런데 결혼하고 보니 시댁 식구들이 내 편이 아니다.
남편도 완전한 내 편이 아닌 것 같다.

그 정도 갈등은 흔한 일이지만
전생의 트라우마가 있는 여자는
민감한 반응을 할 수밖에 없다.

그토록 절절히 원해 놓고
상처가 덧나서 이제는 헤어지기를 원한다.

아들이 하는 말,
원을 이루었으니 헤어져도 돼!
일단 살아는 봤잖아.
원은 풀었잖아 그러면 됐지.

내 인생에 무엇이 찾아왔다면
언젠가 스스로 불러들인 것이다.
관계에 문제가 생겨 내가 힘들면 내게 원인이 있다.
상대를 밀어내기 전에 한번 돌아보자.
원래는 축복이었을 수도 있다.
내 상처가 나을 때까지
기다려 보는 것도 나쁘지 않다.

아내가 바람을 피웠다

주말부부로 살았는데
아내가 여러 번 바람피운 것을 알게 됐다.
내 탓도 있고 아이들 문제도 있고
그래서 그냥 묻고 살기로 했는데,
예전 같은 마음으로 돌아가기가 힘들다.
헤어지는 것도 힘들고 사는 것도 힘들다.
어떤 선택을 해야 할지.

이야기에 집중하는데 전생이 보인다.
내가 원한다고 아무 때나,
남의 전생을 볼 수 있는 것은 아니다.

그들은 전생에도 현생에도 뜨거운 사랑을 했다.
남자는 장군이라 전쟁터로 나가 다른 나라를 정복했고
그곳에 남아서 관리하다가 새로운 가정을 이루고 살았다.
죽는 날까지 두고 온 가족에 대한 그리움과
채무감을 안고 살았다.
여자는 처음에는 남편이 그리웠고 세월이 지나자
지독하게 외로웠다.

누구라도 눈을 맞추고 정 나누며 살고 싶었다.
그렇게 기다림에 지쳐
청춘이 다 가버린 것이 한이 되었다.
그런 한이 가슴속에 하나둘씩 얼음 가시가 되어 박혔다.

둘 다 못다 한 미련이 남아
이번 생에 다시 만나 불꽃 같은 사랑을 하고 결혼했다.
그리고 주말부부가 되었고 세월이 흐르자
여자는 점점 더 외롭고 불안해졌다.

그녀의 무의식에는 또 이렇게 평생을
기다리다 죽을지도 모른다는 불안과 초조함이 있다.
누군가 옆에 있어야 안심이 된다.
그녀의 몸은 여기 있으나 의식은 과거 생에 머물고 있다.
그 여자의 잠재의식에 박힌 가시가
다 녹아야 과거에서 풀려난다.
모든 사람이 같은 이유로 바람을 피우는 것은 아니다.

참고 사는 게 맞나? 헤어지는 게 맞나?
참고 사는 것도 답이 아니고 헤어지는 것도 답이 아니다.
아직은 헤어지지 못하는 마음이 있다.
그것은 미안함이 될 수도 있고

혼자 남겨지는 두려움일 수도 있다.
그런 이유가 그녀를 만나 사는 동안 싸우고 미워하고
갈등을 겪는 과정에서 풀어지고 해체된다.

지금 문제가 발생한 게 아니라
이미 생긴 문제를 풀어 가는 중이다.
그런 것들이 나가고 나면
마음이 선명해지고 선택에 갈등이 없어진다.
그대는 지금 그녀를 만나 마음의 찌꺼기를 청산하는 중이다.
마음에 맺혀있는 것들을 다 비우면
집착도 미움도 연민도 사라진다.

맺힌 게 풀리면 함께 있어도 좋고 혼자 있어도 좋다.
마음이 묶여 있으니
함께 있어도 괴롭고 혼자 있어도 괴롭다.
마음이 일어나는 대로
화내고 미워하고 원망하고 사랑하고 연민하라.
그러다 보면 묵은 것들이 나간다.

그래서 그대는 그녀와 그렇게 살고 있다.
과거도 미래도 생각하지 말고 오늘을 그냥 살자.
때로는 버틴 날들이 최선일 수 있다.

넌더리가 나야 졸업한다

아직도 그럴 고집이 남아 있다면
그대는 세상과 더 싸워야 한다.
그대가 지쳐 나가떨어지도록 삶이 암벽의 각을 높인다.

열정이 남아 있다면 졸업할 때가 아니다.
하나의 체험을 마치고 넘어가려면 넌더리가 나야 한다.
그래야 스스로 놓아 버린다.
신의 심판 따위는 존재하지 않고 세상에 피해자는 없다.
그대 인생은 그대 스스로 창조한다.
내가 생각하지 않은 것은 내 현실이 되지 않는다.
생각 없이 이루어지는 현실은 없다.
씨가 있어야 싹을 틔우고 꽃을 피운다.

오랜 생을 거쳐 쌓아 온 것들이
이제야 병이나 불행으로 실체를 드러내기도 한다.
조금씩 근심과 불안을 쌓아가면
언젠가 근심과 불안으로 만들어진 성에서 살게 된다.
스스로 창조한 환경에 대한 책임을 지고
받아들일 때 삶이 변형된다.

눈치 보는 여자

오래된 생의 트라우마가 있다.
이분은 중세 유럽에서 수녀로 살았다.
어쩌다 수녀가 임신을 했다.
숨기고 숨겼는데 어느 날 옷을 갈아입다 들켜 버렸다.

수녀원이 뒤집히고 난리가 났다.
수녀원의 명예가 실추될까 봐 바로 지하실에 갇혔고
아이는 낳자마자 빼앗겨 어디론가 보내졌다.

그리고 차가운 시선과 멸시 속에서
평생 주홍 글씨를 달고 살았다.
그렇게 오래 살다 보니 눈치를 보는 게 습관이 되었다.
그의 무의식은 아직도 자신을 수치스러워한다.

의식의 세계는 시공이 없어
생각이 미치는 순간 바로 현재가 된다.
상처가 클수록 과거를 현재로 불러들이는 빈도가 높다.
자신을 이해하고 맺힌 마음을 풀어야 한다.
그때의 자신을 수치스러워하고

가두고 밀어내기 급급하면 지속된다.
나의 잘못을 받아들일 수 있을 때
타인의 잘못도 이해하고 받아들인다.
그대가 눈물 나게 서러운 것은
사람들이 자신을 이해해 주지 않거나
옆에 누가 없어서가 아니다.

스스로가 자신을 수치스러워하고
밀어내고 받아 주지 않기 때문이다.
그대를 외롭게 하는 건 그대 자신이다.
내가 나를 이해하고 받아 주면
세상 그 누구의 인정도 사랑도 아쉽지 않다.
자기 신뢰와 자기 사랑이 필요하다.

비워진 깊이만큼 채울 수 있다.
채워 보려고 먼저 비운다.
그대는 아파하면서 자기 사랑을 채워가는 중이다.
다 채우면 넘치고 넘치면 나눈다.
그때 그대는 그 분야 전문가가 된다.
우리는 그렇게 배우고 익힌다.

터지기 전에

화가 폭발하는 것은
내 안에 화가 갇혀 있기 때문이다.
화가 나쁜 것이 아니라
안에 가두고 오래 묵혀서 상한 것이 나와서 추하다.
여기저기 상처가 있으니
작은 부대낌에도 비명을 지르고 원망하고 남 탓을 한다.
피부가 상하면 부드러운 천이 닿아도
가시에 긁힌 듯이 아프고 조금만 뜨거워도 견디지 못한다.

건강한 피부를 가지고 있으면 소금을 뿌려도 쓰리지 않다.
마음이 건강하다면 어떤 말을 들어도 소화할 수 있다.
상처와 열등감이 가득 차 있어 작은 비판도 받아들이지 못한다.
남의 말에 아프면 내 안에 상처가 있다.
부딪힌 상대를 원망할 것이 아니라
자신의 상처를 치료해야 한다.

내 안에 가두어 놓은 감정이 많으면 생각들이 꼬리를 물고
머릿속에 종알거림이 끊이지 않는다.
생각이 갇히면 탈출하려고 머릿속을 휘젓고 다닌다.

그러면 에너지가 분산되고 삶이 피곤해진다.

통증은 어딘가 막혔다는 알람이다.
우울은 습기가 쌓여 있다는 알람이다.
분노는 화기가 쌓여 있다는 알람이다.
터지기 전에 압력을 줄여야
성격이 둥글어지고 삶이 원만해진다.

원진살

그녀는 사람들이 있는 곳에서는
불안하고 두려워서 누워 있지 못한다.
그녀는 전생에 부인이 있는
지위가 높은 어떤 남자의 사랑을 받았다.
그 남자와 딸을 하나 낳고 두 번째 임신했을 때
본 부인에게 들켰다.

생명의 위험을 느낀 여자는 남자에게
무섭다고 자신을 지켜 달라고 여러 번 간청했다.
남자는 아무리 본처라 해도
자신의 아이를 가진 사람을 해치지는 않을 거라며
대수롭지 않게 여겼다.

출산일이 다가올수록 그녀는 더 불안했고
같은 말을 반복하자 남자는 짜증을 냈다.
본처는 자기보다 먼저 아들을 낳아
자신의 위치가 흔들릴까 봐
출산일이 다가오자 여자를 납치했다.
방안에 가두어 놓고 아기가 태어나기를 기다렸고

아들이면 죽이고 사산된 걸로 처리하려고 했다.
남자들이 빙 둘러서 있었고
여자는 아이가 태어나면 죽을까 봐 죽을힘을 다해 막았다.

그 공포가 트라우마가 되었다.
시간이 지나서 아이는 사산됐고
여자도 산후병을 앓다가 죽었다.
여자는 죽어 가면서 자기 말을 무시하고
자신과 아이를 지켜 주지 않은 그 남자를 죽도록 원망했다.

여한이 남아 이번 생에
그 남자를 다시 만나 결혼하고 딸 하나를 키우고 있다.
왜 아이를 하나만 낳았냐고 하니
둘째는 아들일까 무서워서 안 낳았다고 한다.
상식적으로 말이 안 되지만 그녀의 무의식은 알고 있다.

그녀는 남편과 대화하다가 자기 말에
귀 기울여 주지 않는 남편을 보면 울화가 치밀어 오른다.
별일 아닌데도 그녀는 이 남자를 믿고
살아야 하나 싶고 생이 허무하고 우울해진다.
사람마다 민감한 부분들이 있다.
그런 게 있으면 애증이 교차한다.

싫으면 헤어지면 그만인 것을 애증이 있으면
헤어지지도 못하고 같이 살면서 과거의 고통을 재현한다.
그렇게 수백 번 수천 번 그런 감정들을 대면하다 보면
굳은살이 생기고 사랑도 미움도 무덤덤해진다.
그때 서로에게 묶여 있던 마음이 풀려난다.
그러기 위해서 다시 만났다.

전생의 사연을 안다고 해결되는 게 아니라
겪을 만큼 겪어야 맺힌 에너지가 해체된다.
죽어 가면서 그토록 집중해서 만든 에너지가
한 번에 없어지지 않는다.

하필 그 남자를 만나서 평생을 힘들어하는 것은
고통을 겪어가는 게 아니라 치유의 과정이다.
그런 걸 원진살이라고 하더라.

알기 위해 경험하고 경험하다 보면 트라우마가 생기고
트라우마를 해결해야 다음 진도를 나갈 수 있다.
사랑하기 위해 다시 만나는 사람들보다
잘 헤어지기 위해 재회하는 사람들이 많더라

대자연은 판단하지 않는다

애벌레가 나비가 되는 방법은
잘 먹고 잘 자면 되고,
우리가 빨리 깨어나는 방법은
하루하루 지지고 볶고 살다 보면
봄이 오고 가을이 온다.
못생긴 나무도 덜자란 나무도
봄이 오면 꽃이 피고 가을이 오면 열매 맺는다.

힘이 약하면 태풍에 뿌리 뽑히기도 하고
강한 놈에게 잡아먹힐 때도 있다.
실수도 하고 실패도 하고
그런 경험을 거쳐 강하게 성장한다.

대자연은 판단하지 않고 차별하지 않고
모든 경험을 똑같이 소중히 여긴다.
어떤 경험도 지혜가 된다.
그대 삶이 허접하고 비루해 보일지라도 충분한 가치가 있다.
세상 기준으로 판단하지 말자.

자신을 사랑할 때

흙은 씨앗에게 어둠을 주고 시련을 주지만
알에서 깨고 나와 세상을 살아갈 생명을 준다.
어둡고 힘든 환경은 나를 발아시키는 흙이다.
내가 싹트는 데는 이 정도 어둠이 필요한가 보다.

어둠 속에서 움츠린 압력이
땅을 뚫고 솟아오르는 동력이 된다.
어둠을 겪어봐야 빛을 원하고
결핍을 겪어봐야 풍요를 원하고
무지 속을 뒹굴어봐야 지혜를 갈구한다.
원함이 있어 그 상을 새겨 씨앗을 만든다.
씨앗은 어둠 속에서 만들어지고 어둠 속에서 싹이 튼다.
어둠과 겨울과 시련은 봄을 준비하는 시간이다.

어둠을 뚫고 올라온 새싹은 빛을 받으면
씨앗에 새겨진 자기 모습을 거침없이 펼쳐 나가고
사람들은 사랑받고 인정받을 때
자신의 꿈을 마음껏 펼쳐 나간다.
그래서 사람들은 인정받고 사랑받기를 원한다.

진짜 인정은 남이 나에게 해주는 것이 아니라
스스로가 자신을 믿고
있는 그대로 인정해 주는 일이다.
자신을 사랑하고 신뢰할 때 그대는 활짝 꽃 피어난다.

사랑이 위대한 것은
온전히 자기 모습으로 존재하게 해주기 때문이다.
그대는 하늘과 땅을 통틀어 가장 어여쁜 존재다.

선택이 두려운 것은

사람들은 묻는다.
이렇게 하는 것이 좋을까? 저렇게 하는 것이 좋을까?
무엇을 선택하든 장단점이 있고 무엇을 선택하든 절반은 옳다.

그것을 옳게 만드는 것은 선택으로 결정되는 게 아니라
그 일을 대하는 마음가짐에 달려 있다.
선택이 두려운 것은 결과를 책임져야 하기 때문이고,
의논하는 것은 자신을 불신하거나 책임을 기피하는 심리다.
선택에 갈등이 있다면 그대는 이미 절반은 지고 들어간다.

나보다 잘난 남자 만나 결혼하려면
그만한 대가를 치러야 하고
남편을 머슴처럼 부리고 싶으면 먹여 살릴 각오를 해야 한다.

그대에게 필요한 것은 결정을 잘하는 요령이 아니라
무엇이 오든 기꺼이 대가를 치르고 책임지겠다는 배짱이다.
그러면 무엇이 와도 그대가 좋게 만든다.

그는 왜 부정적인가?

그것은 경험에서 온다.
과거에 교통사고를 당한 기억이 있다면
도로에 나서면 신경이 곤두서고 예민해지고
부정적으로 될 수밖에 없다.
연인과 드라이브하며
행복한 추억을 가지고 있는 사람과 반응이 다르다.

좋은 경험을 하면 긍정적으로 되고
안 좋은 경험을 하면 부정적으로 된다.
부정이 다 하면 긍정으로 넘어간다.
뭐든 경험이 많아야 이해심이 많아진다.
해봐서 느낌 아니까.

명상하면 깨달을 수 있나?

지구는 육체라는 VR 기기를 쓰고
난이도 높은 게임을 하는 곳이다.
게임의 법칙을 이해하고 레벨을 높이는 게 목적이다.

게임을 하러 왔으면
치고받고 싸우면서 감각을 익혀야지
그게 본전 뽑는 일이지.

명상이나 수련으로 가능하다면
저 위에 앉아서 명상으로 해탈하지
뭐 하러 여기 와서 이런 고생을 하나.
명상으로 가능했다면 지금쯤
깨달은 사람이 수만 명 나와야 한다.
명상이 아니라 마음의 매커니즘을 알고
생각과 감정을 다룰 줄 알아야 해탈할 수 있다.

나는 인간의 삶을 부정적으로 평가한
모든 성현의 말을 무시한다.
대부분의 사람들은 평범하게 살다 간다.

그게 가치 없는 일이라면 우리는
수천 년간 그런 삶을 반복하지 않는다.
육체를 입고 기억을 잃고 오래 윤회 전생하면
어떤 대단한 신이라 해도 지금 우리 같은 꼴로 산다.

마음이 혼란스러울 때 명상은
도움이 되고 필요한 사람들이 있다.
흙탕물을 가만히 두면 가라앉는 이치와 같다.

인간답게 평범하게 사는 게 우리가 여기 온 목적이다.
그러다 어느 날 때가 되면 꽃이 핀다.
꽃이 명상해서 피던가?
애벌레가 수련해서 나비가 되던가?
대자연의 법칙은 누구에게나 똑같이 적용된다.
그들은 주어진 삶을 그저 하루하루 살았을 뿐이다.

애벌레 유전자에 이미
나비가 되는 과정이 저장되어 있고
우리도 때가 되면 상승하는 과정이 작동하게 되어 있다.

에너지 연금술

성공은 타고난 조건이 아니라 의지와 경험의 차이에서 온다.
경험과 의지는 모두에게 평등한 조건이 주어져 있다.
의지가 강하고 경험이 많은 사람이 고수가 된다.

조용히 소박하게 살아도 된다.
자신이 원하는 것이 있다면 스스로 해야 한다는 뜻이고
어떤 악조건에서도 할 수 있다는 뜻이다.
원하는 것이 있다면 시간과 노력을 기꺼이 투자하고
두려움을 넘어서고 인고의 시간을 감내해야 한다.

돈을 벌거나 뭔가를 이룬다는 것은
투입된 나의 에너지가 내게로 다시 돌아오는 원리다.
열정을 투입하면
돈이나 명예와 성공으로 변환되어 내게로 돌아온다.
결국은 자신의 열정 값이고 자신의 에너지 연금술이다.

나의 에너지는 내게서 나가서
안달하지 않아도 내게로 되돌아온다.
좋은 것이든 나쁜 것이든.

그것이 이 우주 법칙이다.
그렇지 않으면 대혼란이 일어난다.
무엇이 들어오기를 바라기 전에
무엇을 내보냈는지 계산해 봐야 한다.

성공하는 사람은 주는 것에 초점이 맞추어져 있고
실패하는 사람은 받는 것에 초점이 맞추어져 있다.
더 많이 더 가치 있는 것을 주기 위해 연구하고
노력하는 사람들이 성공한다.
여기는 받는 만큼 주는 것이 아니라
주는 만큼 받을 수 있는 시스템이 깔려 있다.

식당을 하더라도 남들보다 조금만 더 주면 성공한다.
그것이 맛이든 신선함이든 분위기든 친절함이든 가격이든.

낡은 레시피로 인생을 요리한다

아침에 눈을 뜨는데
왠지 모를 서글픔이 밀려온다.
내가 그 감정을 자연스럽게 끌어안는다.
그래 놓고 기분이 안 좋다고 투덜거린다.
내 표정은 이유도 많다.
날이 더워서 비가 와서 몸살이 나서
누구 때문에 그냥 다 핑계다.

나는 그냥 그 표정에 익숙하고 습관이 되어 있다.
그래서 딱 그 모양으로 살고 있다.
내 표정은 늘 비슷하고 내 기분도 늘 비슷하다.
그래서 내 삶도 거기서 거기다.

우리는 매일 다양한 감정들을 버무려서 인생을 요리한다.
늘 쓰는 레시피만 사용한다.
그래서 인생이 늘 같은 맛이다.
우리는 불평과 원망, 짜증과 한숨,
두려움이라는 소스를 더 자주 사용한다.
무슨 레시피로 인생을 요리하고 있는지

사용하는 단어와 표정을 보면 알 수 있다.
인상과 말투는 그대 삶을 대변한다.
사람들은 자신의 환경에서 벗어나고 싶다고 말한다.
그러나 사람들은 익숙한 환경과
길들여진 감정 상태를 떠나고 싶어 하지 않는다.
이곳은 싫지만 떠나기는 더 싫다.
그래서 오늘도 여기 남는다.

오늘도 낡은 레시피로 인생을 요리한다.
습관처럼 찾아오는 묵은 감정을 털어낼 수 있을 때
새로운 세상으로 진입한다.
생각과 표정이 바뀌면 운명이 바뀐다.

똑같은 생각을 하고 똑같은 방식으로 살아가면서
삶이 바뀌기를 기대하는 건 넌센스다.

돌할매를 모셔놓고

어느 절에 갔는데 돌할매가 있었다.
장난삼아 들어 봤는데 매우 신기했다.

어떤 질문에는 돌이 번쩍 들리고
어떤 질문에는 돌이 바닥에
들어붙은 것처럼 꼼짝을 안 했다.
들리고 안 들리는 느낌이 확실하다.

이게 도대체 무슨 원리지?
진리를 말하면 우주의 기운이 통한다고?
이게 진짜면 대박이다.
모든 미래를 돌에게 물어보면 된다.

그래서 적당한 돌을 하나 구해서
마당에 돌할매를 모셔놓고
수백 번 질문을 하고 들었다 놨다 반복했다.
나중에는 손목에 인대가 나가버렸다.
결국 내가 알아낸 것은
돌에 기운이 통하는 그것은 맞다.

그러나 그것은 객관적 진리가 아니라
내가 믿고 있는 신념이다.
나의 무의식이 가능하다고 믿으면
돌이 된다고 반응하고 안 된다고 믿으면
돌이 안된다고 반응한다.
반신반의하면 됐다 안됐다 한다.

돌이 들리고 안 들리는 것은 절대 진리가 아니라
내 의식이 믿고 안 믿고의 차이다.
돌할매로 알 수 있는 것은 객관적 진리가 아니라
내가 믿고 있는 것을 알려 준다.

나의 믿음이 나의 현실을 창조하지만
벼가 익으려면 시간이 필요하듯이
나의 믿음도 물 주고 거름 주고 인내하고
기다려야 꽃이 피고 열매가 익는다.
미래는 확정이 아니라 만들어 간다.
오링테스트와 돌할매는 같은 원리다.

잡초의 공격

풀숲에서 머위를 잘라 내는데
가시풀이 팔에 자꾸 걸린다.
내가 풀에 가서 걸리는 줄 알았는데
반복하다 보니 가시풀이 공격의 의지를 발산하고 있다.

이놈이?
너 왜 나 공격해?
네가 먼저 우리를 해치고 있잖아.
내가 언제 너 해쳤어.
곱게 머위만 자르고 있구만.
머위 잘라 주면 좋은 거 아냐?
서로 경쟁자 아냐?

우린 모두 친구야.
경쟁은 나쁜 게 아니야.
친구가 있다는 건 좋은 일이야.
모든 풀이 서로에게 꼭 필요해.
그래서 신이 고루 만들어 놨지!
불필요해 보이는 잡풀들도

숲에 기여하고 각자 역할이 있어.
서로에게 필요한 에너지를 나누고
서로를 강하게 단련시켜 주기도 하고
해충을 막아주기도 해.

모두가 함께 숲의 균형을 이루어
생태계를 유지하는 데 기여하지.
일방적으로 뺏기만 하는 건 없어.
서로 주고받게 되어 있어.
동물들이나 사람들도 그렇고 별들도 그래.

자연산이 영양이 많고 맛이 좋은 것은 잡초들 때문이야.
풀을 다 뽑아내고 채소만 남겨 두면
영양도 없고 맛도 없고 점점 약해져.

풀들과 서로 필요한 에너지를 주고받으면서
영양이 풍부해지고 서로 경쟁하다 보면
병충해에도 강해지고 단단해져.
채소밭에 풀은 적당히 두는 게 좋아.
나는 여기를 지키고 방어하는 에너지를 나누기도 해.
그건 내가 잘하거든!

너 별로 위협적이지 않은데?
그걸로 뭘 할 수 있겠어?
벌레나 작은 풀은 위협적일 수 있어.
나는 내가 할 수 있는 만큼만 하면 돼.
난 더 이상 욕심내지 않아.
너에게 위협적이지 않아도 어쩔 수 없어.
내가 다 할 수는 없어.
난 그냥 받아들일 거야.

들어 보니 일리 있다.
모든 사람이 다 존재 이유가 있고
사람들도 서로 어울려서 부대끼며 살아야
영양가 있는 사람이 된다.

말 안 듣는 아이

나는 아이들이 내게 와서 말하면
하던 일을 멈추고 폰을 정지시키고 아이에게 집중한다.
아이가 무엇을 말하고자 하는지
무엇을 느끼고 있는지 정확하게 파악하기 위해서다.
그래서 우리는 서로의 마음을 잘 알고 제대로 공감한다.
오래 그렇게 해왔으니까 당연하다.

말 안 듣는 아이가 있다.
그 엄마는 아기 때부터 아이와 제대로 교감하지 않았다.
부모가 내 말을 들어 주지 않으니
사람이 말하면 무시하고 안 들어도 된다고 배운다.
아이에게 엄마와의 소통은 세상과의 소통이다.
엄마와도 소통 못 해본 아이가 어떻게 세상과 소통을 하나.
그런 아이는 일방통행밖에 할 줄 모른다.
엄마가 아이 말에 귀 기울여 주고 아이를 존중하면
아이도 남의 말에 귀 기울이고 존중해 준다.
아이는 제대로 입력하는 게 맞고
어른은 세상과 충돌하며 깎여야 한다.
그러면 아프다.

부모에 대한 원망

부모를 원망하는 사람 이야기다.
아버지가 가정을 돌보지 않았고
어머니의 보살핌도 받지 못했다.
결혼하고 아이를 낳아 키우면서
원망하는 마음이 갈수록 커진다.
이 마음을 어떻게 다스릴 수 있는가?

부모에 대한 원망이 핵심이 아니다.
어려서부터 불안정한 가정에서
불안과 두려움을 습관처럼 담아왔다.
마음속에 가득 차 있던 것이 흘러나오는 현상이다.

어떻게 살았던 마음이 편하면
부모를 원망하는 게 아니라 그리워한다.
부모의 관심과 보호를 받아야 한다는,
기대는 어린아이가 아니라 부모가 되어
자신을 돌볼 수 있을 때 치유된다.
그대 마음은 어린아이에 머물러 있다.

밖을 보고 남 탓하지 말고
안을 보고 자신이 창조한 감정을 스스로
책임질 수 있을 때 성숙한 어른이 되고 치유가 된다.

환경이 어떠하든 불안과 두려움의 감정을
쌓아 온 것은 본인이다.
그대 안에 이미 그런 것이 있었기에
그런 환경에 태어나서
자기 내면이 투영된 현실을 체험하고 있다.
스스로 만든 현실을 책임지고
그런 감정을 조절하고 다룰 수 있어야 한다.

그러나 그 불안과 두려움을 담은
그대 영혼의 뜻이 있다고 본다.
비워 보고 채워 보고 비교해서 지혜를 얻는다.
그 먼 길을 돌아 여기까지 오느라 고생 많았다.

지금 이 순간의 행복

작은아들이 대기업에 계약직으로 다닌 지 몇 개월 됐다.
월급을 받더니 백만 원씩 갖다줬다.
군 제대하고 일을 더러 했지만 돈을 가져다주긴 처음이다.
아르바이트할 때도 원래 쓰던 용돈은 그대로 가져갔다.

원체 활동적인 놈이라 밥값, 커피값, 차량 유지비만 해도
아르바이트로 번 돈으로 충당이 안 된다.
돈을 주면서 어찌나 뿌듯해하던지.

봄이라 그런지 출근하는 아들 얼굴이 꽃이 핀 듯 이쁘다.
오우~ 아들 오늘 멋있다!
엄마!
일 끝나면 제주도 여행 갈 거예요.
그러시던지~.
돈 준비해 주세요.
돈???
매달 백만 원씩 줬잖아요.
월급 받았다고 백만 원 주고는
첫 달은 필요한 거 산다고 80만 원 가져가고

매달 50만 원 이상 도로 줬다.
엄마 준 거 아니었어?
엄마한테 맡긴 거지요.

그러면 네가 도로 가져간 거는?
그건 엄마가 용돈 주신 거죠.
차 사고 옷 사고 노트북 산다고 들어간 돈은?
그건 자식을 키운 거지요.

헐~ 너 셈이 그렇게 주관적이냐?
진짜 애를 이래 키워도 되나?
걱정하지 마세요.
어디를 가도 요렇게 야무지게 살 거예요.

뭔 짓을 해도 뭔 말을 해도 그저 이쁘기만 하니
자식 교육을 제대로 하고 있는 건지….
애 씀씀이가 이렇게 헤퍼도 되는 건지
걱정이 되기도 하지만,
솔직히 생긴 대로 살게 해주고 싶다.

생긴 대로 살다가 세상과 충돌하면 스스로 방향을 전환하겠지.
내가 굳이 나서서 내 생각대로

이래라저래라 해 봤자 부작용만 생긴다.
똑같이 키워도 큰아들은
작은아들이 쓰는 돈의 10%도 안 쓴다.
이런 놈도 있고 저런 놈도 있는 거지.

이 사랑스러운 아이와 감정싸움 하기도 싫고,
굳이 사회통념대로 키우는 게 옳다는 확신도 없다.
어쨌든 아이는 지금 별문제 없이 잘살고 있다.

나는 먼 훗날 말고 지금 이 순간
아들의 행복이 더 중요하다.
지금 더 많이 웃고 지금 더 많이 행복했으면 좋겠다.
아들 사랑해~

애비를 닮아 간다

엄마는 연못이고 아이는 연못에 사는 물고기와 같다.
엄마가 따뜻하면 아이도 따뜻하고
엄마가 차가우면 아이는 춥다.
엄마가 수시로 아이 앞에서 아빠를 나쁜 놈이라고 하면
그런 말을 듣고 자라는 아이는
그 나쁜 놈의 이미지를 마음에 새긴다.
마음에 새긴 것은 때가 되면 아이의 현실이 되고
그 자식은 애비를 그대로 닮아간다.

엄마가 자신의 불행이 아빠 때문이라고 하면
아이도 자신의 불행이 아빠 때문이고
엄마 때문이고 세상 때문이라고 한다.
나의 불행은 내 문제라고 인지해야
자신을 돌아보고 문제를 개선할 수 있다.
어릴 때부터 내 불행이 남 탓이라고 배우면
커서도 모든 게 남 탓이라고 한다.

남이 나를 불행하게 하는 거니까
피해의식이 생기고 세상과 담을 쌓고 복을 걷어찬다.
복은 대부분 사람을 통해서 온다.

우리의 소원은 이루어진다

우리 부모님 세대에는
쌀이 귀하고 불이 귀하고 물도 귀했다.
그때는 장작을 모으고 물독을 채우고
쌀독을 채우는 게 가장 큰 일이었다.

집단의식이 물질적 풍요를 원하고 끌어당겨
이제 쌀과 물과 전기는 공공재처럼 흔하다.
이제 필요 이상으로 비축하지 않는다.
앞으로 주택과 재화도
필요 이상 비축하지 않는 때가 온다.

예전 사람들은 배불리 먹는 게 원이었고
배가 부르자 배움과 출세를 원했다.
그 꿈도 이루었다.
요즘 사람들은 삶의 여유를 꿈꾼다.
우리의 소원은 이루어진다.

우리는 집단의식은 오래지 않아
여유로운 삶을 창조해 낼 것이다.

외제 차와 명품 백에 빠지다

굶주리면 식탐이 생기고
무시당하고 밟히면 올라서고 싶어진다.
갈 길은 아득히 멀고
마음이 조급하면 허세라도 부려 본다.
그런 상황이 되면 그렇게 되는 거지
그런 사람이 따로 있는 게 아니다.

고양이는 센 놈을 만나면 등을 올려 키가 커 보이게 한다.
덩치는 작고 힘은 없고 그렇다고 만만하게 당할 수는 없잖아!
만만해서 당해 본 아픔이 있겠지!

그들의 삶은 그들이 살게 하고 책임도 스스로 지게 하면 된다.
그걸 못 해서 다 함께 질척거린다.
충분히 해보고 스스로 책임지면 쾌락의 무게보다
책임의 무게가 더 무거우면 언젠가 그만하게 된다.
그런 경험도 안 해본 것보다 해본 것이 낫다고 생각한다.
그것도 다 한때다.
아기들 성장단계가 비슷하듯이
영혼의 성장단계도 비슷비슷하다.

무엇을 해도 그만큼 번다

그대는 무엇을 하든
그대가 가진 역량만큼 일을 해낼 수 있다.
그대가 발산하는 그대 존재의 진동이
그대 삶의 질을 결정한다.

좋은 대학을 나와서 대기업에 들어가도
중학교만 졸업하고 공장에 취직했어도
고등학교를 졸업하고 장사를 했어도
그대는 그만큼 능력을 발휘한다.
학벌과 직종에 목맬 필요 없다.
적성에 맞는 일을 택했다면
지금보다 더 행복하게 살고 있을지도 모른다.

개인의 역량은 한 생애에서 결정되는 것이 아니다.
오랜 생을 거쳐 이루어진 특성이다.
먹고살기 위한 직업을 선택해서
참고 인내하고 애쓰던 시절은 지나갔다.
이제는 자기 것을 내어놓아야 인정받는 세상이다.
이왕이면 좋아하는 일을 하자. 그래야 신이 난다.

그대 연꽃을 피워 봤는가?

병을 앓고 나면 항체가 생긴다.
마음의 병을 앓고 나도 항체가 생긴다.
내 평생 수많은 항체를 만들었다.
나는 나눌 항체가 많다.
인생은 실전이다.

그대여!
인생의 뻘 속으로 기어들어가 연꽃을 피워 봤는가?
꽃을 피우면 모든 것이 단순 명료해진다.
그들은 성인군자 코스프레 하지 않는다.

나는 너에게 바라는 게 없으니
너의 눈치를 볼 필요가 없다.
나는 나를 아끼고 사랑하니
너로 인한 불편을 감당할 생각이 없다.

성인군자 코스프레 기대하지 마라.

제 4장

별에서 온 아이

세상은 나를 해칠 수 없다

아이가 양념치킨을 좋아한다.
콜라가 따라왔다.
몸에 안 좋다고 먹지 말라고 했다.

저는 이제 상관없어요.
어떤 것이 내 몸에 들어와도
저를 해칠 수 없어요.

제가 세상과 다툴 때
세상과 대립할 때 나쁜 일이 일어나요.
나는 이제 세상과 다투지 않아요.
세상은 나를 해칠 수 없어요.

완벽한 인간미

저놈이 또 자기가 최고라고 한다.
엄마! 내가 나 아니면 어쩔 뻔했어요.
난 내가 너무 마음에 들어요.
난 이 몸이 너무 좋아요.
어쩜 이렇게 완벽하게 만들었을까요?
이 손의 감각을 느껴 보세요.
캬아~ 누가 만들었는지 죽이지 않나요?

혼자 자아도취 해서 쇼를 하고 있다.
사람들이 보면 너 뚱뚱하고 못생겼어!
그런 게 무슨 상관이 있어요.
난 그게 더 좋아요.

좀 부족해 보이고 모자라 보이는 이 완벽한 인간미!
보기에 완벽해 보이면 그게 무슨 멋이 있어요.
잘난 것과 못난 것들의 조화로움,
조금은 부족한 데서 오는 여백의 미까지.
나는 이런 내가 너무 좋아요.
내게 잘난 것들은 이미 너무 많아요.

얼마나 경이로운지!

엄마! 이 손을 보세요.
얼마나 경이로운지!
빛이 물질의 옷을 입고
이렇게 자유자재로 움직이면서
감각으로 모든 것을 느낄 수 있어요.
신기하지 않아요?

별로 안 신기한데.
저는 모든 것이 너무나 신기해요.
세상 모든 것이 사랑스럽지 않나요?

나무도 길도 하늘도 구름도 바퀴벌레도 귀여워요.
산책하는 것이 너무나 행복해요.
많은 것들과 인사를 나누어요.
나무를 보면 손을 흔들어요.
길을 보면 인사를 해요.
오늘은 달이 정말 너무 이뻤어요.
나도 모르게 두 손을 흔들었어요.
달이 나를 향해 방긋이 웃었어요.

저는 축복을 받았다고 생각해요.
밥을 먹으면 쌀에게 진심으로 감사해요.
먼 길을 돌아 나에게 와 준 노고에
진심으로 감사를 드려요.
그래서 꼭꼭 천천히 씹어 먹어요.

과일을 가져다준 나무에게
사람들의 손길과 정성에 감사해요.
음식이 내 몸에 들어가면
빛이 되어 나를 휘감는 것 같아요.
음식이 내가 되어요.
모든 것은 다 빛으로 되어 있어요.
내 안에서 다시 빛으로 만나요.

사랑으로 산다

1

큰아들이 사진을 한 장 집어 들고
소리 없이 눈물을 흘리고 있다.
이놈이 요즘 감성이 주체가 안 된다.

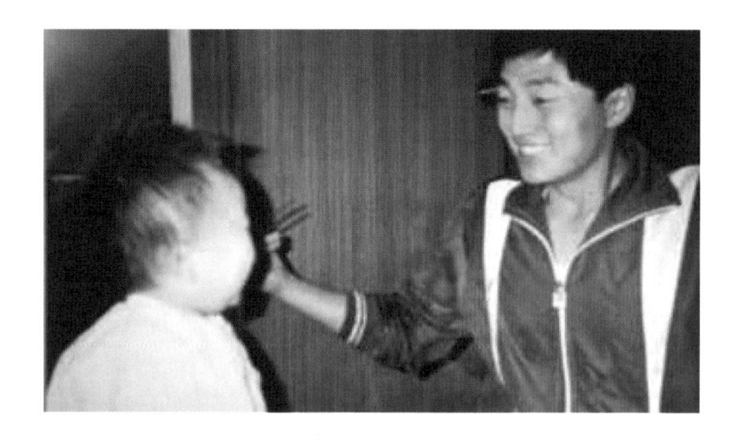

헐~ 너 뭐 하니?
이 아이는 거의 울지 않는다.
감정의 기복이 별로 없이 늘 평화롭다.

아빠의 사랑이 가슴에 사무쳐서요.
이렇게 웃을 수 있는 사람은 천사예요.

천사는 무슨….
웬수다.

이 세상에 가장 가치 있는 것이 사랑이에요.
사랑보다 더 가치 있는 것이 뭐가 있겠어요.
사람들은 사랑만으론 살 수 없다고 하지만 그거 헛소리예요.
사랑이 없어서 살 수 없는 거예요.

2
인간 극장인가?
큰아들이 티브이에서 제주 옹기를 만드는
사람들의 이야기를 보더니

사람의 정성과 사랑이 들어간 것들은 너무나 고귀해요.
저 사람들 정말 아름다워요.
하늘로 가면 천사가 될 거예요.

사람이 사람을 위해서
마음을 다하고 정성을 다하고 사랑을 쏟는 것,
그것만큼 고귀한 게 또 있을까요?
이보다 더 가치 있는 것이 또 있을까요?
사람은 저렇게 살아야 해요

창조와 진화

준아!
태호 복희와 여와가
실험실에서 인간을 만들었다는 설이 있던데.

인간을 어떻게 실험실에서 만들어요?
인간은 물질만으로 된 게 아니잖아요.
그걸 실험실에서 어떻게 만들어요.
말도 안 되는 소리지.
실험실에서 뭔가 했다면 유전자조작을 한 거겠지요.

창조주가 자신과 같은 모습으로 설계도를 만들었고,
그 씨앗을 자신이 창조한 세계 속으로 밀어 넣었어요.
난자와 정자가 만나는 과정처럼요.

그 설계도가 법칙에 따라
나이테처럼 여러 단계의 몸으로 생성되고
그렇게 인간 육체까지 생겨났어요.
전 우주의 모습이 그대로 차원별로 다 들어와 있어요.

인간은 처음부터 완전체로 만든 게 아니라
진화라는 과정을 통해서 완전해지도록 설계되어 있어요.

예를 들어 원숭이로 살면서
진화의 정점에 이르면
설계도에 내재된 다음 단계가 나타나도록
환경 조건을 만들어 줘서,
태양 빛이나 공기의 질이 바뀐다거나 해서
돌연변이가 생겨나게 되어 있어요.
아마도 조만간 인간도
새로운 돌연변이가 생길 거예요.

상승이란?

준아! 상승에 대해서
네 관점으로 한번 설명해 볼래?

게임으로 비유하면,
처음에는 다들 이 세계를 자유롭게 경험하다가
일정 레벨 이상의 영혼들이
현재의 세상에서 더 이상 할 게 없는 만렙,
즉 최대 레벨이 되어서 이 세상을 마스터하면

게임 운영자 측에서는
준비하고 있던 시나리오를 토대로
대규모 패치라는 걸 통해서 세계관 자체를 확장해요.

게임할 수 있는 지역 자체가 늘어난다던가
새로운 능력들을 익힐 수 있게 된다던가
지금까지의 능력이 전혀 안 통하는
새로운 문제가 나타난다든가 해서
마스터들이 또다시
더 높은 곳으로 올라갈 수 있게 해주죠.

지구는 인간의 활동 반경이 전 세계로 확장된
지금이 마스터 레벨이라고 치면
한 단계 더 확장되어 우주로 나갈 수 있고
초능력을 쓴다던가 사이보그가 되던가
유전자 개조를 해서 모습을 바꾸던가 할 수 있겠죠.

그리고 지금이 세계관 확장의 시대라
기존에 대충 살던 사람들도 매력적인
다음 세상의 콘텐츠를 즐기기 위해서
바쁘게 레벨업을 하는 경우도 있고
그냥 하던 대로 언젠간 가겠지 하는 사람도 있겠죠.

마스터 레벨이 되지 못하면
확장된 세계의 게임을 즐길 수 없을 거예요.
그렇다고 기존의 세상이 무너지는 것도 아니니까
하고 싶은 대로 하면 되겠죠.

내 맘대로 살 거야

준아!
초콜릿 그만 먹어! 살쪄!
싫어요. 먹을 거예요.

주방 입구에 그림을 치워 버려서 벽이 휑하다.
하나 그려 준다고 했지만 언제 그릴지….
그림 그릴 때까지 우선 좀 걸어 놓자.
싫어요!

야!
넌 어떻게 매번 한 번을 안 지냐?
좀 양보도 하고 참아 주기도 하고 인생 그렇게 사는 거지!
나는 네가 한 번도 참는 꼴을 못 봤다.
어떻게 너 하고 싶은 것만 하고 사노?
세상 사람들 다 적당히 배려하고 대충 참아 주고 그렇게 산다.

청소기를 밀다가 동작을 멈춘다.
왜? 내가 틀린 말 했냐?
나는 아쉬운 게 없거든!

사람들이 바라는 게 있거나 밉보일까 봐
말을 참고 속으로 삭이는 거지.
나는 바라는 게 없으니 내 마음대로 살 거야.

나도 바라는 거 없어도 참아 주고 배려하고 다 해!
나는 제일 첫 번째 기준이
남의 마음을 아프게 하지 말자거든!

나는 제일 첫 번째가
나의 마음을 다치게 하지 말자 거든요.
얼마나 남의 마음을 아프게 했으면 그게 1번이에요?
크으~ 가슴에 진동이 온다.
좀 더 착하게 살아야겠다.
그러는 너는 얼마나 마음을 많이 다쳤으면 그게 1번이야?

흐윽~
내가 원래 반응을 잘 안 하는데 심장이 강하게 반응하네요.
내 마음을 좀 더 보살펴야겠어요.
나는 이놈을 말로 못 이긴다.

신의 경지

신의 경지는
고요와 정적이 아니라
깔깔거리는 어린아이의 웃음소리다.

신의 경지는
깊은 산속 청정수가 아니라
모든 것을 받아들여 하나가 된 바닷물이다.

신의 경지는
세상을 완전함으로 바꾸는 것이 아니라
있는 그대로 받아 주는 포용력이다.

신의 관점

지구에 사는 사람들의 모든 관점을 다 합한 것이
신의 관점이고 신의 꿈이다.
지구는 80억의 드라마를 찍기 위해
80억의 빛과 그림자를 만들었다.

봄과 여름에 세포가 분열하여
수많은 잎과 꽃을 피워 다양한 경험을 한다.
가을이 오면 밖으로 분열하던 기운을
안으로 수렴하여 다시 하나가 된다.

사랑은 끌어안는 에너지다.
예수는 가을을 준비했다.
가을에는 분열했던 자신을 끌어안아
다시 하나로 돌아가야 하기에 사랑을 꽃피운다.
사랑이 많을수록 관점이 다양해진다.
관점이 다양할수록 더 많이 끌어안을 수 있다.

시간을 멈추는 평화로움

큰아들은 느리고 꼼꼼하다.
성질 급한 사람은 같이 일하면
속에서 천불이 날 것이다.
이 아이 사전에는 '빨리'라는 단어가 없다.
빨리! 빨리! 하면 동작을 멈추고
꼼짝도 안 하고 가만히 있는다.
세 살 때부터 그랬다.
생각해 보니 나는 착한 엄마다.

나는 큰아들 그림을 매우 좋아한다.
그림을 좀 그려 보라고 했더니
목공을 하고 싶다고 공방을 차려 달라고 했다.

1층 창고에 공간이 있어 어설프게 공방을 만들었다.
테이블을 만들어 주겠다 하더니
뚱땅거리는 소리가 들려 내려가 봤다.
보고 있자니 속이 뒤집어진다.
거북이도 얘보다는 빠를 거 같다.
준아! 후딱후딱 만들어야지.

왜에요?
시간이 없잖아!
내게 시간은 영~원해요.
하이고~ 내가 하나 사고 말지.

언제 만들었는지
자그마한 의자를 하나 만들어서 깔고 앉아 있다.
배우지도 않고 난생처음 만든 건데 균형이 맞고 이쁘다.
얘가 목공에도 소질이 있나?

준아!
나중에 이쁜 작품 나오면
전시해 놓고 주문받으면 되겠다, 그쟈?
싫어요!
왜? 이왕 하는 거 돈도 벌면 좋지.

내가 만든 게 돈이 되는 건 좋아요.
그렇지만 돈을 벌기 위해서 만들지는 않을 거예요.
같은 걸 두 번 만들기도 싫어요.
다른 사람이 원하는 걸 만들지도 않을 거예요.
내가 만들고 싶은 거 내가 하고 싶을 때만 할 거예요.
하이고~ 말을 말자.

한마디 더 하고 싶었지만
시작도 하기 전에 사기 꺾고 싶지 않아
입 다물고 옆에서 구경하고 있었다.
뭔 놈의 나사 구멍 하나 뚫는 데 10분은 걸리는 것 같다.
간섭하고 싶은 거 겨우 참고 지켜봤다.

내가 생각을 멈추자,
주변 에너지가 무언가에 조율되고 있는 게 감지된다.
시간이 흐르고 고요한 정적 속에
주변 에너지가 아이와 하나가 되고 있다.
아이가 뿜어내는 깊은 고요와 평온이
공간을 가득 채우고 있다.

가슴에 환희가 일어난다.
세상의 모든 소음이 사라지고
고요함과 평온함과 아이의 집중된 의식만 존재한다.
빠르고 효율적인 것은 누구나 할 수 있는 거구나.
이 아이의 느림에는 조급함과 두려움이 없구나!
시간을 멈출 수 있는 이 평화로움은
아무나 만들어 낼 수 있는 게 아니구나!
그것이 아이의 작품 속에 담겨 있다.
이 느림이 이 아이가 가지고 온 최고의 미덕이다.

진정한 어른

모든 빛은 어둠을 배경으로 드러난다.
어둠이 없는 세상은
빅뱅 이전에도 존재한 적이 없다.
사람들은 자신의 어둠을 밀어내면서
어둠 속에서나 의미 있는 빛을 쫓는다.
자신의 어둠을 있는 그대로 받아들일 때 이르러서야
비로소 자신이 가진 빛이 드러나기 시작한다.

신은 위엄과 환희만 가득한,
머리에 꽃 달고 있는 반푼이가 아니라
고통과 절망의 지옥 속에서
빛을 만들어 낸 진정한 어른들이다.

위로가 된다

아무것도 안 하고 있으니 갑갑하다.
사업도 장사도 전혀 관심이 안 간다.
글이라도 열심히 써보리라 했는데 그것도 마음이 안 가고.

나 이제 뭘 해야 하는 거야?
나 지금 뭘 하고 있는 거야?
늦가을 황량한 벌판에 커다란 고목이 보인다.
잎이 다 떨어지고 몇 개만 붙어 있다.

나는 지금 저 나무와 같아!
몇 개 남은 것마저 떨구어 내는 중이야.
미래에 대한 불안도 가족에 대한 걱정도 다 내려놓고
겨울 들판처럼 편히 쉬어.

모든 욕망과 근심을 내려놓고 겨울 들판처럼 쉬라고?
갑자기 걱정이 확 몰려온다.
밥 먹는 아들을 붙잡고 물었다.
준아! 마지막 잎새가 떨어지고 나면
내 인생 겨울이 온다는 거잖아?

겨우 여기까지 왔는데 다시 겨울이 온다고?
그러면 봄이 올 때까지 또 인내하고 기다려야 하는 거야?

봄을 왜 기다려요?
겨울을 즐겨야지.
엉???

그동안 준비해 둔 넉넉한 땔감과
먹을 거 쌓아 놓고 뜨뜻한 구들목에서 놀고먹는 거지!
제대로 쉬는 거지!
봄을 왜 기다려요?
올 때 되면 오겠지!
봄은 성가셔요.
봄여름이 얼마나 피곤한 시즌인데.

참 나 이렇게 관점이 다를 수가 있나?
네 말도 일리는 있다만
나는 아직 겨울 준비 안 했는데?
엄마만큼 열심히 준비한 사람이 어딨어요?
인생 가을에는 지혜가 쌓이는 법이지.
그걸로 수천 년 먹고살 수 있어요.
아들아! 위로가 된다.

지축 이동

누가 지축이 이동한다고 한다.
준아! 지축이 머고?
균형 잡는 중심이요.

인간이든 동물이든 축은 모두 지구로 향해 있어요.
사람은 백회에서 뿌리 차크라로 연결되어 있어요.
고양잇과 동물들은 뛰어가면서 몸을 오므릴 때
가슴쯤에서 양쪽으로 접히는 부분 있잖아요.
거기가 축이에요.

축은 머리하고 상관없는 거야?
그건 균형에 관련된 거니까 중심에 있어요.
또 지구 중심을 향해 있어요.
예언에 지축이 이동한다고 하잖아.
지축 이동이 왜 필요한 거야?

방향이 완전 반대로 돼야 하잖아요.
해가 솟아오르다가
정오를 기점으로 지기 시작하잖아.

산을 오르다가
방향을 바꾸어 내려가는 거랑 같지.
그러면 완전히 거꾸로 되는 건데 바꿔야지.

매일 정오와 자정이 지나고
매년 하지와 동지가 지나가도
큰 변화 없이 잘 살잖아.
그게 바뀐다고 뭐가 달라지나?

상위 차원에서 일어나는 일이니까
인간에게 직접적으로 영향을 줘요.
하지에 식물들은 내부에서 대변혁이 일어나요.
아래위가 완전히 뒤집히는 건데.

새로운 질서가 필요해

준아!

앞으로 세상이 어떻게 달라질 거 같아?

새로운 질서가 잡히겠죠.

질서가 잡혀 있는데 뭔 질서를 또 잡아?

지금은 경제 싸움이잖아요.

왜곡돼 있지.

돈이라는 매개체가 있고

그걸 모든 인간이 같은 목표로 가져 버렸기 때문에

돈만 중요하고 나머지는 팔다리가 잘린 거지.

네모 상자 안에 동그라미와 세모와 별을

다 끼워 넣어 버린 거야.

돈을 잘 버는 방법이 있어!

그 체계를 잘 따라가는 네모가 있어!

그건 나쁜 게 아니야!

근데 그 네모만 최고가 된 거야.

다른 건 말살되고.

이제 사회 개념이 바뀌는 중이죠.

그때는 그게 필요했고,
지금은 새로운 질서가 필요한 거고.

영혼의 성장 자체에 삶의 목적을 두고
성장이 이루어질 때마다 충분한 보상이 주어진다면
사람들이 더 이상 돈에만 매달리지 않겠죠.
제대로 된 목표를 주면 진짜 열정을 가지겠지.
먹고사는 일에 급급한 거 말고.
지금도 아마 먹고사는 거는 해결할 만큼
기술이 축적돼 있을 거예요.

그리고 기술 발달로 인간은 더 이상
노동과 자원에 대한 걱정은 안 하게 될 거야.
먹고사는 문제가 해결되면 가슴 뛰는 일을 하겠지.

이해를 못 하시네

준아!
그림이라도 좀 그리면 안 될까?
당장 돈 벌라는 말이 아니야.
안 좋은 상황이 생길 수도 있잖아.
그때 가서 뭘 하려면 힘들잖아.

그런 일은 생기지도 않겠지만,
힘들게 살아야 할 이유도 없지만,
그런 일 생기면 뭐든 하면 돼요.

그림이라도 조금씩 그려 놓으면
그게 쌓이면 다 재산이 되는 거지.
네가 지금처럼 편하게 살다가
남 밑에서 일하면 행복하겠어?

나는 뭘 해도 어떤 곳에 있어도
어떤 일을 해도 행복할 수 있어요.
백수가 다 나처럼 행복한 건 아니에요.
환경 때문에 행복한 게 아니라

내 마음이 그냥 행복한 거예요.
일해야 하는 상황이 오면 기분 좋게 일할 수 있어요.
지금의 상황을 즐기는 거예요.
왜 생기지도 않을 일 때문에
지금 이 소중한 시간을 희생해야 해요?
그러고 싶지 않아요.

하아~ 이 시키가 말이 안 통하네.
하아~ 내 말을 이해를 못 하시네.

엄마가 걱정하는 그런 미래는 안 와요.
나는 그런 미래를 창조한 적이 없어요.

아들의 꿈은 졸부 아들이 되어
나태하고 안락한 백수로 사는 거다.
아들은 그런 꿈을 창조하고 있고
나는 아들의 꿈을 지원하기 위해 졸부가 되기로 했다.

소중한 생명들

언젠가부터 그들이 내게로 왔어요.
처음엔 생각 없이 죽일 수 있던
벌레였을 뿐인 것들이 알고 나니까
벌레가 아니라 꽃무지가 되고 길앞잡이가 되었어요.

그들의 삶과 습성을 알고 나니
그저 별생각 없이 죽여도 되는 벌레가 아니라
나와 지구를 공유하는 소중한 생명이라는
동질감이 느껴지고 이 세상이 벌레의 숫자만큼
밝고 따뜻해진 느낌이 들어요.

보름달의 의미

준아!
보름달은 무슨 의미가 있는 걸까?

하나요!
엉?

음양이 하나 되어 균형을 이룬 거요
달이라는 그릇에 해가 가득 차 있잖아요

그게 그렇게 해석이 되나…

요망한 루시

새벽 5시,
소란스러움에 잠이 깼다.
뭔가 싶어 나가 보니 아들이 눈물을 질질 흘리며
고양이 루시를 찾아다니고 있다.
이놈은 새벽 한두 시에 잠들기 때문에
새벽 5시에 활동하는 놈이 아니다.

왜?!!
루시가 많이 아픈 거 같아요.
떠날 준비를 하고 있어요.
지금 안 찾으면 늦어요. 찾아야 해요.

자다가 그건 또 어떻게 알았대.
스스로 가겠다면 우째 말리노.
어쩔 수 없다면 옆에라도 있어 주고 싶어요.
낮에 데크 아래 누워 있는 거 봤는데.

잠시 후 축 늘어진 루시를 안고 들어왔다.
제대로 서지도 못한다.

얘가 갑자기 왜 이렇게 됐지???

다음 날 아침 병원에 가서

설사 멈추는 주사하고 영양제를 맞췄다.

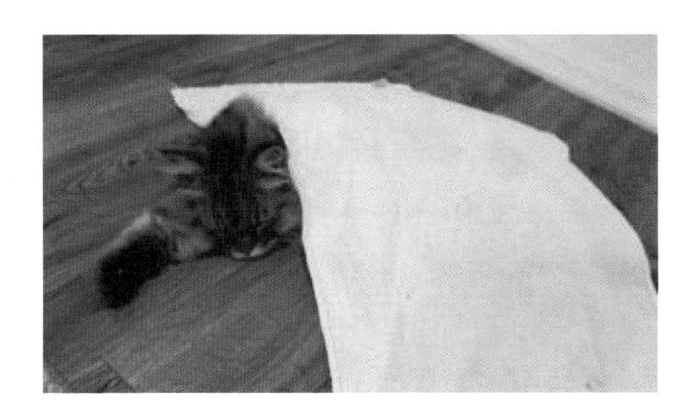

대화식으로 표현한다고 해서

내가 루시와 대화를 한 것은 아니다.

내가 루시 마음을 읽는다.

루시 마음이 내 마음이 된다.

너와 나라는 경계가 원래 없더라.

아픈데 왜 데크 밑으로 들어갔어?

진짜 떠날 작정이었어?

어쩌다 보니 몸의 생태계가 무너지기 시작했고

회복할 시간이 필요했어.

회복하지 못할 수도 있어서 죽음을 각오한 면도 있어.
그래서 안전한 공간이 필요했어.
나는 약해져 있고 적의 공격을 받을 수도 있기 때문이지.

언제 떠난다는 계획 같은 건 없었어.
우린 대자연의 법칙에 따르는 편이야.
일정 이상 내 몸의 생태계가 무너지면
해체 소멸의 법칙이 적용되는 거지.
우리는 그걸 자연스럽게 받아들여.

아프면 우리가 도와줄 텐데.
도움을 받을 수는 있지만 의지하지는 않아.
다행히 일주일 만에 나았다.

전 차원의 통합

지구에서 새로운 우주가 시작돼요.
전 차원이 여기서 통합해요.
인간 몸으로 가장 순수의식이 내려오는 것,
0차원의 창조주 의식이
생각할 수 있는 가장 최소의 단위인
이 3차원으로 내려오는 것이 전 차원 통합이에요.

물질의 가장 기본입자는 똑같이
0차원에서 9차원까지 공유해요.
가장 순수의식이 여기로 내려오면
전 차원이 같은 몸을 사용해요.
다음 우주에는 차원의 구별이 없어져요.

우리가 하나로 통합이 되면
어느 별, 어느 차원이든, 의식이 가면
거기서 바로 물질이 재구성돼서 몸을 만들어요.
전 우주 어느 곳이나 물질 기본입자가 존재하기 때문에
어디를 가도 몸이 재구성되어 같은 몸을 사용할 수 있어요.
그런 세상이 와요. 그게 여기 지구에서 시작돼요.

벌거숭이 새

벌거벗은 새가 있다.
멋진 새가 되는 32가지 방법을 읽은 자신은
다른 멋진 새들처럼 밝고 화려해졌다.

화려하고 아름다운 자신의 눈앞에 아무 노력도
하지 않은 것 같은 갈색 얼룩 깃털을 가진 새가 있다.
어쩔 수 없이 자신이 이 하찮은 새에게
아름다움이 얼마나 중요한 건지 알려 줘야 한다.
나는 착한 새니까.

수수한 깃털을 지적하고 깃털에 붙은 낙엽을 들춰 보이며
멋진 새로 살기 위해서는 자신처럼 배워야 한다고 지적한다.
나니까 이런 말도 해주는 거라며 은근 생색도 내본다.
나중에 자신이 해준 조언들이
얼마나 가치 있는 건지 알게 되리라.

사냥꾼이 있었다.
가장 높은 가지에 위태롭게 서서
몸에는 온갖 깃털과 나뭇가지와 진흙 따위로 치장하고

아주 큰 소리로 울부짖는 새를 쐈다.
치장한 것들을 걷어 내니
비쩍 마른 몸과 눌어붙은 오물뿐
단 한 점의 살도 쓸데가 없다.

오늘은 영 수확이 좋지 않아.
짜증을 섞어 어깨너머로 휙 던졌다.
사냥꾼의 십년지기 친구 바둑이도 가까이 가지 않는다.

예쁜 새가 있다.
화려하지는 않지만 윤기가 흐르는 깃털과
건강한 근육이 필요한 곳에 필요한 만큼 들어차 있다.
태어났을 땐 자신도 벌거숭이 새였다.

벌거벗은 새는 스스로 몸을 키우지도,
스스로 틔워낸 반짝이는 깃털 하나 없이
그저 스쳐 가는 것들로 몸을 치장해
공작새라도 된 마냥 턱을 치켜들고
가슴을 부풀리며 높은 곳에 올라서서
마주하는 자신을 내려다본다.

가지 위에서 위태롭게 앉아 있던 시끄러운 새를 보며

자신이 가진 것들을 이룩해 가던 젊은 날의 추억을 떠올렸다.
갑자기 기시감이 느껴진다.
처음엔 바람결에 묻어오는 소소하고 작은 것이었다가
점점 죽음을 떠올릴 만큼 거대해졌다.

바로 뒤까지 다가온 진득한 피 냄새에
돌아보니 사냥꾼이 있다.
언제든 날 수 있게 잘 정비해 둔 깃털과 근육으로
빠르게 수풀 사이로 날아들었다.
탕! 하늘이 무너지는 소리와 함께
위태롭던 새가 소리 없이 떨어진다.

자신을 덮고 있던 오물 냄새가 사냥꾼의 피 냄새를 가리고
오만한 시선은 갈색 깃털 새의 티끌 하나하나를 지적하느라
정면에서 다가오던 사냥꾼조차 보지 못했다.

깃털도 근육도 없는 볼품없는 새는
아무도 신경 쓰지 않는 숲 어딘가에 버려졌다.
웬걸,
채 식지도 않은 몸뚱이가 바닥에 버려지니
마침내 자연스러워졌다.

걱정마세요

준아! 어떤 사람이 우유가 몸에 안 좋대.
우유가 안 좋은 게 아니라 그 사람 소화력이 안 좋겠지요.
서로 상부상조하는 거예요.
잉여 생산하는 것은 나누려고 하는 거예요.
주려고 많이 생산하는 거지 썩히려고 그러겠어요.

닭이 알을 낳고, 벌이 꿀을 모으고,
돼지가 몸을 키우고, 개는 집을 지키고,
사람과 가까이 사는 애들은 다 주는 게 있잖아요.
채소와 곡식과 과일도 모두 뭔가 자기 것을 내어 주잖아요.
사람도 그 모두를 받아서 더 큰 것을 되돌려 줘요.
존재하는 모든 것은 각자 역할이 있고
세상에 기여하는 것이 있어요.

우유를 많이 생산해서 사람들을 이롭게 하려고 창조된
젖소가 주는 우유가 왜 나쁘겠어요?
그러면 계란은 어떻게 먹어요. 소는 왜 잡아먹고.
설사 나쁘다 해도 저는 괜찮아요.
걱정마세요

받아들임

믿음과 수용의 힘은
세상의 그 어떤 것도 자신을 해치지 못하는
가장 강력한 존재가 되게 한다.

존재와 자아는 세상 속에 있다.
세상은 모든 존재들의 합이고
그들의 모든 것을 허용한다.
그들이 세상이며 세상이라는 것은
그들 모두에게 각기 다른 색으로 비칠 수 있다.

본능적으로 나는 나를 구원한다.
본능적으로 세상은 나를 구원한다.

두려움은 나를 어둠 속으로 밀어 넣고 움츠리게 만들며 차갑게
굳어져 세상과 단절된 자아로 만든다.
그러면 두려움은 잘못된 걸까?

세상은 모든 존재가 각자 다른 꿈을 꾸게 허용한다.
그래서 세상 모든 존재는

각자 다른 두려움을 가지고 있다.
작용과 반작용은 동시에 존재하며
그 둘을 합치면 반드시 0이 된다.
세상은 완벽한 균형을 이룬다.
예로 0에서 자신이 원하는 부자의 방향으로 가면
가난이라는 반대 방향도 자신이 원했던 최대치만큼
동시에 생겨난다.

생명과 자아를 가진 존재는 빛이며
존재하는 그 자체로 어떤 방향으로든 나아간다.
그와 동시에 그것을 막는 반작용이 생기며
두려움, 즉 어둠이 생겨난다.

당연히 두려움은 고통스럽다.
당연히 성취감은 행복하다.
어둠을 경시하면 빛이 사그라들고
어둠을 받아들이면 빛이 증폭된다.

받아들임.
어떤 것과 충돌하며 내 안으로 들인다.
충돌할 때의 충격은 그것을 거부하는 마음만큼,
딱 그만큼의 충격이 생긴다.

사회에 만연한 사상과 그들이 제공한 지식에 물들어
어둠을 거부하는 마음이 들고 있다면
세상은 당신에게 해롭고 위험하게 느껴질 것이다.

‘무언가 날 해칠지 모른다’는
‘무언가 날 해칠 수 있다’라는 뜻이고
동시에 ‘무언가 날 해치게 허용한다’라는 의미다.

두려움을 못 받아들인,
세상에서 단절된 자아는 세상의 어둠만을 보며
세상이 자신을 해치게 만든다.
두려움은 극복하는 게 아니라 받아들이는 것이다.

그 누구도 쉬운 말로 가르쳐 주지 않았다.
두려움을 극복하려 했던 모든 노력,
그 경험치를 가진 끝까지 갔던 존재들이
모든 길을 가고 나서야 알게 된다.
받아들임이야말로 분단된 내 마음을 통합하는 방법이며
0, 즉 세상이 되는 방법이다.

세상은 다른 표현으로 신이다.
신은 통합된 존재다.

알파이며 오메가다.
받아들임은 단순하다.
신은 복잡하거나 멀지 않다.
난 세상이다.
세상을 구성하는 수많은 자아 중 하나다.
너도 세상이다.
나와 같은, 세상을 이루는 세포다.
난 신이다.
세상 속에 있고 말 그대로 세상이다.
너도 신이다.
마음을 통합해 0이 될 수 있는 존재다.
어둠과 고통도 받아들이면
0이 되어 평온함이 온다.

총알도 치명적인 독도
방사능과 운석 충돌조차 나를 해치지 않는다.
난 총알이고 치명적인 독이며 방사능이고 운석이다.
내가 원하지 않는데 내가 나를 해칠 수 없다.
난 나의 모든 것들을 받아들인다.

루시퍼 사랑

세상 누구보다 많은 두려움을 가진
나약한 영혼이 자신을 인식했습니다.
살며시 불어오는 바람에도 부서질 듯
애처로운 영혼입니다.

영혼은 점점 더 깊은 어둠 속으로
도망치고 도망치며 살았습니다.
너무 어두워서 무섭긴 하지만 상처 입히고
위협하는 존재가 오지 않을 것 같아서 다행입니다.

깊고 깊은 어둠에 적응할 때쯤
우연히 멀리서 본 작은 빛과 사랑에 빠지게 됩니다.
소소한 가정을 이루고 행복한 삶을 살았습니다.
두려움에 떨며 싸늘하고 차가웠던 심장이
천천히 녹아내립니다.
아주 작은 빛이었지만
이렇게 행복해도 되나 싶을 정도로
영혼은 따뜻한 경험을 했습니다.

얼마 지나지 않아
강한 영혼들이 이리떼처럼 다가와
그의 빛을 앗아가 버렸습니다.
처음으로 용기를 내어 대항했지만
그는 너무나도 약한 영혼이었습니다.
영혼은 모든 것을 잃고
살던 곳으로 발길을 돌립니다.

약간의 편안함까지 느끼던 어둠은
녹아가던 심장을 순식간에 얼려 버렸고,
영혼은 더없이 차가운 어둠 속에서
혼자서 외롭게 좌절합니다.
허무와 절망에 빠져
사랑하던 빛들의 죽음을 되씹으며
누군가가 혹은 시간이
자신을 죽여 주기를 기다리고 있습니다.

작았던 영혼은 움츠러들어 더욱더 작아졌습니다.
자신의 나약함과 이 무서운 세상이,
그리고 이렇게 약하게 태어나게 한
어떤 존재를 원망했습니다.

모든 것이 자신의 심장처럼 서서히 굳어갑니다.
슬픔만을 곱씹다 쓰러진 영혼은
작은 빛을 처음 만난 날을 떠올립니다.
너무너무 따뜻하고 밝은 빛입니다.
작은 빛은 영혼에게 온 세상을 밝히는 존재였습니다.
천천히 행복한 지난날을 떠올립니다.
너무나도 아픕니다.
지금까지 느꼈던 슬픔과 아픔들은
아무것도 아닌 것처럼 느껴질 정도로 고통스럽습니다.

행복했던 기억을 떠올리면
상실감과 무력함이 동시에 느껴집니다.
영혼은 다시 빛을 만나고 싶습니다.
그리고 절대, 그 누구도!
다시는 나의 빛을 앗아갈 수 없게
강해져야 한다고 생각했습니다.

이제 다른 어떤 생각도 들지 않습니다.
그 누구보다 강한 힘이 생기면 빼앗길 것을
두려워하지 않고 빛을 가질 수 있을 것 같았습니다.
영혼은 다시 따뜻해지고 싶습니다.

뼈와 살을 깎아 내며 힘을 기릅니다.
이 고통은 사랑을 잃은 아픔에 비하면
웃음만 나옵니다.
힘이 조금 생겼습니다.
이리떼 개개인 정도로 강해졌습니다.
하지만 이 정도로는 아무것도 못 합니다.
힘을 더 기릅니다.
엄청난 시간이 흐르고
수많은 존재보다 훨씬 강해졌습니다.
마치 같은 헬스장에서 자주 보는 사람들처럼
주변에 아는 사람이라 부를 정도의 힘을
추구하는 그룹이 있습니다.

그들 역시 두려움의 대상입니다.
그들이 힘을 키우는 방법을 닥치는 대로 따라 합니다.
그들 중 가장 강한 존재가 되었습니다.
이들이 한꺼번에 몰려오면 내 빛을 지키지 못할 거야.

이리떼를 다시 떠올리며
이 세상 전부가 한꺼번에 덤벼도
압도적으로 이길 만큼의 강한 힘을 목표로 합니다.
쉬지도 않고 다른 존재들의 수천 배를 노력한 끝에

영혼은 원하던 힘을 가지게 되었습니다.
자신을 사랑해 줄 빛을 찾아다닙니다.
하지만 작은 빛들은 영혼이 숨을 쉬기만 해도
상처 입고 자신을 피해 도망가기 바빴습니다.
허무함을 느낍니다.
영혼은 빛을 가질 수 없는 걸까요?

영혼은 털레털레 깊은 어둠 속으로 돌아왔습니다.
자신은 다른 이에게 상처가 됩니다.
슬프지는 않습니다.
이미 심장은 움직이지 않으니까요.
수많은 존재가 나고 사라짐의 반복을 고요히 지켜봅니다.

어느 날, 이 지루한 우주에
너무나도 여린 존재가 태어났습니다.
부드러운 봄바람에도 꺼질 듯 애처로운 빛이었습니다.
세상에서 가장 작은 빛은 천천히 자라갔습니다.
올곧고 바르며 선합니다.
작은 빛이 넘어지면 아파하고
행복해할 땐 왠지 마음이 따뜻해집니다.

작은 빛은 여리지만

누구보다 강한 마음을 지녔습니다.
그 아이가 성인이 되자 당찬 걸음걸이로
영혼이 있는 깊고 깊은 어둠까지 곧장 왔습니다.
그 아이가 영혼의 앞에서
씩씩한 표정을 짓고 있을 때,

영혼은 자신이 이 아이를 사랑한다는 걸 알았습니다.
얼어붙은 심장이 녹아내리며 차가운 눈물이 나옵니다.
작은 아이가 영혼을 달래 줍니다.

영혼은 한참을 울다 아이에게 묻습니다.
왜 곧장 이곳으로 온 거냐?
아이가 대답합니다.

태어나서부터 평생 자신을 사랑해 주는
존재가 있어 늘 용감할 수 있었다고.
그리고 덧붙여 말합니다.
나는 당신입니다.
그러고는 영혼의 심장으로 쏙 들어옵니다.

순간 영혼은 자신을 나약하고 겁 많은 존재로
만든 누군가를 떠올립니다.

그는 처음부터 자신을 사랑하고 있었습니다.
영혼은 또다시 펑펑 울었습니다.
하나도 아프지 않은데 눈물이 멈추질 않습니다.
눈물의 다른 모습을 느낍니다.

그리고 그 순간,
가장 깊은 어둠 속
세상에서 가장 나약했던 한 영혼에게서
순식간에 온 세상을 덮어 버릴 만큼
찬란한 빛이 뿜어져 나왔습니다.
이젠 자신이 다가가도 그 누구도 상처 입지 않았고
모든 이가 그를 루시퍼,
'빛을 가지고 오는 자' 라고 불렀습니다.

루시퍼는 세상에서 가장 강렬한 빛을 가진
존재가 되었습니다.
돌아보니 자신이 알고 지내던 힘을 추구하는
그룹이 저마다의 빛을 뿜어내고 있습니다.
그들은 곧 작은 존재들을 돕기 시작했습니다.

작은 존재들은 그들을 천사라 칭송합니다.
그들은 강력한 빛들이 돌봐 주자

부탁하는 정도가 늘어갔습니다.
루시퍼는 걱정했습니다.
스스로 힘을 길러야 한다고 생각합니다.
그래서 부탁을 계속 외면했습니다.

작은 존재들이 루시퍼를 무시하기 시작합니다.
이기적이고 잘난척한다며 손가락질합니다.
루시퍼는 조용히 어둠으로 돌아갑니다.

어느 날 작은 존재들이 모여 루시퍼를 부릅니다.
천사들의 힘이 다했답니다.
루시퍼는 스스로가 힘을 길러야 한다고 말했습니다.
하지만 그들은 루시퍼에게
힘의 원천이나 나눠 달라고 합니다.
루시퍼는 자신이 힘을 기를 수 있었던 근원인
'두려움'을 나누어 주었습니다.

두려움을 가지게 된 작은 존재들은
루시퍼에게 온갖 악을 질러 댑니다.
한 번도 경험하지 못한 고통입니다.
이에 작은 존재들은 루시퍼를 악마라
매도하기 시작했습니다.

이제 루시퍼는 그들이 자신만큼,
또는 더욱 강해질 존재들을 그리며
깊은 어둠으로 돌아갔습니다.
2016년 6월 14일

세상은 있는 그대로 완전하다

초판 1쇄 인쇄 2024년 07월 18일
초판 1쇄 발행 2024년 07월 26일
글 도아 & 김원준, **그림** 김원준
교정 연유나
책임편집 이정은

펴낸이 김양수
펴낸곳 도서출판 맑은샘
출판등록 제2012-000035
주소 경기도 고양시 일산서구 중앙로 1456 서현프라자 604호
전화 031) 906-5006
팩스 031) 906-5079
홈페이지 www.booksam.kr
블로그 http://blog.naver.com/okbook1234
페이스북 facebook.com/booksam.kr
이메일 okbook1234@naver.com

ISBN 979-11-5778-657-2 (03800)

* 책값은 뒤표지에 있습니다.

* 파손된 책은 구입처에서 교환해 드립니다.

* 이 도서의 판매 수익금 일부를 한국심장재단에 기부합니다.

맑은샘, 휴앤스토리 브랜드와 함께하는 출판사입니다.